U0895620

1912—1949

现代古体文学大系

词集

5

总主编 黄霖

本集主编 朱惠国

XIANDAI

1912—1949

GUTI WENXUE

DAXI

东方出版中心

目录

石志泉（3首）

石志泉（1897—1923），字子渊，号殆隐，四川成都人。早年好吟咏，1919年愤然投笔从戎，于成都讲武堂肄业后，任川军第三师中校副官、国军第三十师某营营长，监理合川商税。民国二十年（1931），因职遭狙击而卒，时年二十七。

《剪春词》，民国二十二年（1933）重庆铅印《归燕楼丛书》之《殆隐遗稿》本。在《剪春词》卷首小序中，作者自称："书剑飘零，尘海长埋，学为倚声，聊寄骚思，故不计其工拙也已。"刘东父称其所作"微婉多风"，"小令尤得乐府之余。独写情放逸，未尽协律，才人之作，无足怪也"（《石殆隐遗著叙》）。其词风兼有学东坡者。

行香子

月满银盆。酒泛金樽。且高歌、莫负良辰。流光一去，白发添新。似雨中花，风中柳，浪中蘋。　　任他逐鹿，我自安贫。尽徜徉、烂漫天真。繁华转眼，毕竟成尘。甚马如龙，车如水，从如云。

卜算子

春暮送别

容易别君归，无计留春住。今日送君已断肠，那更惊春去。　　春去肯重来，君去还来否。等到明年赶上春，君又知何处。

水调歌头

沧农在灌，久有青城之约，继以难作，促装不果。长此株守，实足熬煎，把酒销愁，为填此解。

蓦地红羊厄，烽火满神州。熳烂何日才了，触目怕登楼。为语诗朋词伴，收拾钿车宝马，俊约负今秋。举步皆荆棘，到处尽戈矛。　　甚选胜，甚临奇，罢归休。残山剩水，尽是劫后古人留。且让龙盘虎踞，权作蜗居狙伏，未算此生偷。壶天日月在，长醉尽遨游。

（以上选自《剪春词》，《殆隐遗稿》民国二十二年排印本）

刘得天（8首）

刘得天（1901—?），四川邛崃人。民国九年（1920）毕业于成都公立国学专科学校。曾先后在成都金陵女子大学文理学院、华西协合大学、相辉文法学院、国立女子师范学院任教。1949年后为西南师范学院教授。有《苍斋词录》一卷，小令风格流丽芊绵。

唐多令

江上数峰青。无风过洞庭。拂朱丝、细写湘灵。二十年来人渐老，怕重过、短长亭。　　长记在西泠。终朝醉不醒。看红妆、花下娉婷。依旧轻罗小扇子，瑶阶上、扑流萤。

遐方怨

榆荚雨，稻花风。不道欢情，尚在残宵春梦中。恨他枝上白头翁。故催游客老，语匆匆。

双双燕

十年旧事，又尘涴征衫，远人归去。残花半落，不似故园情绪。重到春山尽处。背绿水、盈盈绣户。盘门小径东头，绕岸垂杨千树。　　飞絮。将人约住。又苦苦留人，日斜春暮。云台呼盏，醉卧夕阳芳渡。小雨红泥细路。更多少、闲花无主。醺醺卯酒醒时，满院塔铃自语。

齐天乐

晚春重上西湖路。斑骓乱嘶残雨。柳眼垂青，山容泼黛，犹是年时情绪。班荆道故。试呼起逋仙，与寻佳句。闷拥雕鞍，六桥都是断肠处。　　今宵乱虫最苦。向荒垣败壁，幽怨如诉。冷雨催诗，寒云作画，毕竟湖山谁主。垂杨万缕。又牵惹愁人，不教归去。户外疏钟，夜阑犹自语。

清平乐

梨花院落。杨柳千条弱。柳外芙蓉初吐萼。楼下晚风犹恶。　　无言独倚蓬门。斜阳渐近黄昏。瞥见帘前双燕，不知何事消魂。

踏莎行

媚柳烟消，落梅风起。春愁荡漾如春水。黄昏独上小彤楼，寒山一带斜阳里。　　雁过湘江，书来锦里。故园花事今余几。飞鸦点点过前村，阑干拍遍谁同倚。

水调歌头

十里竹西路，闲傍柳阴行。玉鞭遥指天末，一带晚烟横。为问红桥何处，且唤村童前导，花外两三程。走马秋江上，点点白鸥轻。　　华灯暗，新月皎，恰初更。渔舟一叶迢迢，残梦落西清。空对藏鸦乌桕，不见添香红袖，愁听小银筝。坐久不归去，幽恨傍潮生。

永遇乐

笑上孤山，问梅消息，甚时方好。唤鹤来归，随云去住，不道东风早。红亭贳酒，三杯醉后，浇尽坟头春草。算而今、湖山一角，当年此愿都了。　　玉楼深处，数声残笛，赢得鬓边人老。隔岸渔灯，里湖东畔，绿水人家绕。踏花归去，残红满径，分咐翠鬟休扫。更阑也、何人共我，纵谈到晓。

（以上选自《苍斋词录》民国三十年刻本）

秦之济（5首）

秦之济（1901—1970），字伯未，以字行，号谦斋，上海人。出生于中医世家，1919年考入上海中医专门学校。工诗词，善书画。1921年创办上海中医书局，校订刊行中医古籍，亦在报纸杂志上发表文学作品与评论。有《谦斋诗词集》，存词四十二首。

满江红

城西观古木寒鸦

古木经霜，感摇落、西风骚屑。回首地、高城望断，满林黄叶。惆怅南园芳草尽，风竿月树劳相忆。算画图、点笔断云悬，萧萧墨。　　江上路，归心急。毕逋尾，空怜惜。但荒烟衰柳，暮寒相逼。阅遍兴亡亭沼换，昭阳日影非畴昔。近黄昏、残照一丝丝，增呜咽。

蝶恋花

春暮和慵叟

一夜江楼梅子雨。酸入春心，犹恋香浓处。轻燕翻风迎落絮。再番搅乱离情绪。　　梦醒婆娑身栩栩。低挂湘帘，迷住魂归去。乱蕊稠葩空点树。满庭红雪闻鹃语。

洞仙歌

咏卷烟

梦阑酒困，镇相思无奈。馆筑忘忧动怜爱。飘来花气重、炙麝熏兰，微晕处，帘卷春云叆叇。　　金丝搓盖露，竟体芬芳，裁得轻绡半遮臂。为讶忒多情、便化成灰，银盘受、温存犹在。问毕竟、灵根那边来，道荒诞虚无、远传瀛海。

桃源忆故人

庚辰秋，京沪道上书见

江南早入荒寒景。王气也经消尽。一带水程山径。霜染吴枫冷。　　降幡记得前朝近。画角严城风紧。四处暮烟催暝。归去鸦成阵。

苏幕遮

新重阳，偶成一解

倦登临，萦悃愫。秋满江城，怪杀无风雨。莫怨长天时序误。不把茱萸，已够伤情绪。　　雁行稀，虫语絮。破碎河山，望断乡关暮。为报中秋犹未度。留得清辉，料更多凄楚。

（以上选自《谦斋诗词集》民国三十年排印本）

唐圭璋（32首）

唐圭璋（1901—1990），字季特，满族，江苏南京人。1928年毕业于国立东南大学中文系，师从吴梅学习词曲。历任中央大学、金陵大学、南京大学、东北师范大学、南京师范大学中文系教授，毕生致力词学，于词学文献用力甚深，卓有贡献，为著名词学家。编纂《全宋词》《全金元词》《词话丛编》，著《唐宋词简释》《宋词三百首笺注》《词苑丛谈校注》《宋词纪事》《宋词四考》《元人小令格律》《词学论丛》等。词作有《梦桐词》。唐氏民国期间的词作以抗战时期所作成就最高，文质兼优，清丽自然。

琵琶仙

甲戌春，同榆生游莫愁湖，湖涸楼空，四顾凄清，因相约为赋。

烟渚莎萦，暖风漾、乍立垂杨阑曲。天半潮落澄江，千帆蔽林木。鸥梦远、香红望绝，问十里、藕吟谁续。一卷生绡，齐梁旧月，伤尽心目。　　怅无计、消得春愁，共清赏、天涯爱幽独。尘网文梁题字，只平芜新绿。花外杳、飞来燕子，恨阁空、转引金谷。远岸天阔云闲，翠峰如簇。

（选自《词学季刊》第2卷第1期）

惜红衣

远岫笼烟，平波映日，万红堆碧。画舸连云，蘋洲沸丛笛。娉婷艳影，偏自怨、倾城颜色。天北。轻散冷香，拂江郎词笔。

西风转急。凄断宫魂，飘零问谁惜。繁华旧梦暗忆。总难觅。忍拭粉襟清泪，不是舞时心迹。剩素鸥相伴，寒压一湖幽寂。

玉蝴蝶

玉岑病中寄笺索书，匆匆未报，遽隔人天，念东坡高山流水之语，不禁辛酸，聊赋此阕以寄幽恨。

梦断琐窗朱户，吟魂甚处，月暗空山。冉冉寒声，偏恨雁落江南。彩毫新、西风泪洒，玉树冷、哀曲慵弹。黯无言。凤楼人去，孤负题纨。　　缠绵。春明绮怨，水流花谢，自誓孤鸾。料理相思，不辞憔悴度华年。念前事、三生词赋，感旧情、千叠云峦。镇难眠。乱蛩疏雨，一晌凄然。

（以上选自《词学季刊》第3卷第1期）

倾　杯

密幄香稠，上林莺老，江南正值三月。暗柳晕碧，小阁燕入，蹴午弦清绝。青丝勒马平沙路，有落花如雪。江山梦里，闲贳酒、一角村旗飘拂。　　恨切。天西极望，武陵人杳，轻负芳菲节。想旧日衣宽，东风应笑我，年年伤别。草色迷津，征尘沾袂，寂寞凭谁说。黯凝咽。听隔水、紫箫吹裂。

换巢鸾凤

花落春归。又鹃啼柳港，絮绕萍溪。雨繁清梦短，午寂篆烟微。离心争与塞云飞。曼吟掩门，柔肠九回。劝游减，算尽换、少年情味。　　还记。镫影里。湖净藕深，歌罢凉生袂。岸曲闲鸥，露桥菱女，犹念当时人否。惆怅芳辰客天涯，乱魂空度银筝底。晶帘垂，夜沉沉、别恨怎理。

绮寮怨

满眼神州沉醉，海风吹异腥。背水驿、照野旌旗，斜阳里、浩气填膺。牛羊纷驰塞北，英雄恨、解甲双泪倾。叹杜鹃、溅血千山，销凝久、故国空梦萦。　　乱世寄身似萍。烽烟遍地，江关顿怨兰成。画角凄清。奈憔悴、懒重听。追思汉时飞将，扫寇虏、万方宁。楼高易惊。寒星映永夜、潮未平。

高阳台

晓梦迷莺，暖香簇锦，秦淮曾照惊鸿。花里调筝，垂杨十里东风。南都盒子争罗帕，算儿家、第一玲珑。想柔情，描黛双修，灯影纱红。　　尘飞沧海江山换，念天涯客子，一例飘蓬。薄命春丝，知谁重认芳丛。冰绡洒血贞心在，也应羞、中阃元戎。吊兴亡，斜径苔深，何处遗踪。

泛清波摘遍

晴波桨小，曲港风微，湖上畅游春暮好。绣鞍银络，两两三三竞驰早。平莎道。垂杨影里，罗绮豪奢，成阵乱红犹未了。浪迹天涯，最惜花间故人少。　　赏心渺。新恨万重岫云，远梦又连芳草。慵理琴弦满暗尘，空悲昏晓。翠笺杳。双燕旧约难凭，渔矶甚时重到。此际惊移带结，为谁颠倒。

绕佛阁

暗风乍敛。云际拥月，偏照津馆。情重笺短。但余夜永、芸香袅轻幔。步迟泪满。相送露野，忘计程远。芳意柔婉。助人悲哽，鹃声堕渔岸。　　醉宿在天角，料有垂杨千缕线。征旅梦迷，依稀匀粉面。叹事委孤鸿，时序如箭。锁眉谁见。算过了三春，飞絮缭乱。守琼窗、怨怀难展。

（以上选自《如社词钞》民国二十五年排印本）

虞美人

杜鹃啼彻垂杨岸。春去天涯换。落花如雨不开门。写尽红笺小字已黄昏。　　凤城人远留无计。未饮心先醉。夜来皓月一窗含。送我悠悠寻梦到江南。

虞美人

丁丑避地真州

绿阴罨画修蛇路。几印双鸳步。天宁寺塔与云平。十四年来重到梦魂惊。　　空濛一镜芳踪杳。谁理沙棠棹。西风吹泪看残荷。无限离愁却比一江多。

行香子

匡山旅舍

狂虏纵横。八表同惊。惨离怀、甚饮芳醽。忍抛稚子，千里飘零。对一江风，一轮月，一天星。　　乡关何在，空有魂萦。宿荒村、梦也难成。问谁相伴，直到天明。但幽阶雨，孤衾泪，薄帷灯。

谒金门

黄岩寺

秋色里。云磴藤萝亏蔽。百折飞泉穿石砌。深山如闹市。
历级下寻谷底。峭壁四围天际。万竹当门疑隔世。幽关孤磬起。

蝶恋花（二首）

梦里江南欣乍遇。不忍分襟，偏是天将曙。心事万千无一语。低垂红泪从君怒。　门外春残风又雨。试听青山，多少啼鹃苦。百转车轮肠自煮。天涯忘了侬和汝。

楼外眼穿当日暮。一寸雕阑，一寸伤心处。旧月不知花影误。夜深犹照双携路。　不恨韶光如水度。只惜离人，不惯经风露。字字回文和血吐。寻思血也如尘土。

点绛唇

海会寺

佛面尘封，空阑寂寂无人到。幽香萦绕。吹彻梅花晓。　烽火弥天，三月音书杳。心如捣。山花山鸟。知我悲秋老。

清平乐

宿白鹿洞贯道溪畔

离愁无数。梦断江南路。一夜寒溪流不住。错认满山风雨。
昨宵佛寺东头。今宵野店危楼。明日月明千里，不知身在何州。

踏莎行

德安重九

急雨添潮，高风趁雁。满城落叶如花片。登临无处觅荒台，湿云遮尽青山面。　　帆背澄江，钟回翠巘。旧游空忆齐梁殿。乱离骨肉散天涯，谁家插得茱萸遍。

浪淘沙

过夔门

峰际雾初收。峡束江流。狂涛如雪阻轻舟。断壁摩天千仞立，万古悠悠。　　烽火乱神州。消息都休。便无猿啸也生愁。自念江南憔悴客，不是英游。

鹧鸪天

铜梁中秋

烽火侵寻忽一年。窜身西蜀几时还。山山叶落增萧瑟，白发孤儿总可怜。　　香易爇，梦难圆。安排肠断历尘缘。今宵独卧中庭冷，万里澄晖照泪悬。

蝶恋花

病　起

碧砌寒蛩吟未歇。小立风檐，人似残秋叶。一缕幽怀无处说。梦魂却踏东山月。　　花影迷离铺粉堞。清泪阑干，拭了还盈睫。如此良宵成枉设。人生何事多离别。

减字木兰花

凉蟾似雪。风露一天孤影怯。长自伤神。不比鹃啼只暮春。　　离怀渺渺。望极连云千树杪。魂梦无凭。水远山遥甚处行。

清平乐

新都道中

郊原平旷。竹树千家障。极目不逢山色朗。满路独轮车响。　　渐行渐远尘侵。归鸦密点寒林。向晚无人野渡，落霞红透波心。

鹧鸪天

登观稼台

飘荡经年总可哀。日长无俚独登台。田间一绿分深浅，湖上千红半落开。　　人去远，信来稀。最难细数是归期。何当扫却妖氛净，一夕飞腾到古淮。

踏莎行

和白石

锁梦山高，留云风软。白门万里难重见。蓬飘岁岁苦思归，征衣都被啼痕染。　　密帷熏香，曲屏拈线。承平旧事和天远。秋来寂寞卧荒江，满楼明月无心管。

浣溪沙

似水柔情一梦赊。懒将泪眼看残花。不辞辛苦赚年华。　　云外沉沉遮璧月，门前隐隐过钿车。病来咫尺是天涯。

浣溪沙

经岁分携共渺茫。人间无处话悲凉。三更灯影泪千行。　　袅娜柳丝相候路，翩翩衣袂旧时妆。如何梦不与年长。

浣溪沙

病旅天涯饮恨深。西风不耐一丝侵。满帘竹影漾秋心。　　袅袅炉烟牵绪乱，温温药鼎学虫吟。斜阳落尽没人临。

采桑子

江山信美非吾土，为客年长。何日还乡。梦里秦淮新画梁。　　云中更绝飞鸿字，两地思量。明月茫茫。一度登楼一断肠。

阮郎归

松根蛩语入窗纱。夜来风雨加。江南总被乱山遮。今番梦到家。　　言未了，笑声哗。倚阑云鬓斜。觉来依旧在天涯。残灯映泪花。

菩萨蛮（二首）

烽烟遮断江南路。飘零燕子归何处。去住两无聊。笑人江上潮。　　旧绡香尚在。冰雪年年耐。一醉落花前。此生休问天。

曲屏香暖罗衣重。鬟云自委慵簪凤。终日有谁来。落花铺碧苔。　　十年真太促。天外回峰绿。残梦一春迷。杜鹃无血啼。

（以上选自《南云小稿》，《雍园词钞》民国三十五年铅印本）

唐兰（13首）

唐兰（1901—1979），浙江嘉兴人。民国初年卒业于商业学校，曾学医，复就学于无锡国学专修馆，遂发愤治小学，在研究甲骨文和金文方面曾得到王国维的指导。先后任北京大学、燕京大学、辅仁大学、西南联合大学等校教授。精篆书、绘画，于诗词亦有造诣，曾在西南联大教授《宋词选读》课程。

祝英台近

咏　苔

傍陶篱，沿蒋径，生趣尚如许。苒苒绵绵，旧雨更新雨。别留一段芳晖，逃虚寄寂，早多谢、寻花来去。　　恋香土。怪他絮影萍踪，漂零竟无主。井塌台倾，独自费支柱。赋心拟仿江郎，行吟倦矣，待分付、凉秋蛩语。

摸鱼儿

戊辰七夕和石帚韵

又金飙、悄捎秋恨，叶声飘过梧井。玉绳斜后凉如水，瞥眼银云千顷。愁暗省。奈零乱、蛛尘幽绪凭谁整。湘屏夜静。正灵鹊飞回，流萤扑罢，冷梦倦欹枕。　　针楼畔，斜月疏星炯炯。伶俜应驻仙影。几回便欲乘槎去，却恐绛河飘梗。同心咏。算输与、牵牛岁岁云畴并。江湖梦醒。尽碧海青天，离情何限，未许旧盟证。

南楼令

待月，用龙洲韵

凉露浸菱洲。暗星萦碧流。正谁家、倚遍南楼。莫道夜深无个伴，有圆月，近中秋。　　对镜强抬头。能如天上不。算姮娥、应也多愁。碧海来时思问讯，只难得，广寒游。

定风波

咏夕阳

每到愁时早闭门。一声画角日西曛。肯向花间留返照。刚好。可怜已是近黄昏。　　微注小窗流碧瓦。堪画。因思江上晚归人。散抹余霞还似绮。谁会。澹烟衰草尽销魂。

东风第一枝

咏唐花，用梅溪韵

瑞雪飘绵，轻绡翦彩，托根终恨无土。恁时密焙金炉，顷刻遍开绮户。春工巧夺，看帘幕、生香随处。料有人、欲觅寒梅，空叠乱愁千缕。　　索共笑、漫搜秀句。防易落、更牵悲绪。莫思前度芳时，忍忆旧游俊侣。名园千树，怎禁得、一春风雨。愿此生、长住华堂，不似御沟流去。

蓦山溪

寒　食

雨丝烟柳。又近清明候。墙畔野棠风，小花钿、坠时知否。踏歌挝鼓，不见卖春饧，思往旧。悲轻负。马上空回首。　　遥怜纤手，折尽青青后。剩得小桃红，尽飘谢、杏花盈袖。朦胧楼阁，斜搭画秋千，难独守。轻寒透。犹自临窗牖。

一斛珠

咏荔支，用李后主韵

黄梅雨过。岭南枝上双双个。翠钗先取悬枝颗。冰雪肌肤，乍见龙绡破。　　万里寄将情自可。囊盛莫把红盐涴。定知一笑娇无那。醉后情怀，玉液生香唾。

百字令

题栩楼词集写影

闲庭芳昼，倚东风又到，小桃时节。花下客来应不俗，劝饮金尊休怯。戏蝶争新，游蜂欺故，忍放韶光别。直须狂醉，剩教他日追说。　　阅遍远绿高红，词人渐老，争恁躭风月。枝上流莺帘底燕，也识芳愁重叠。况是筵前，柔条万缕，相送还须折。画图难貌，近来添了秋发。

绿　意

咏绿阴

临池闲竹。喜结成翠荫，还展新幄。擢本交柯，蹊径沉沉，密意尚怜幽独。徘徊鹊倦星稀夜，但自有、繁枝堪宿。又暗愁、挟弹王孙，也向此时追逐。　　犹记何人手种，碧云几万叠，长绊芳躅。漆枕藤床，高卧风前，更与拣将浓缛。蔚然莫起凋疏叹，待一醉、浑忘南北。怕醒来、日影参差，转恨乱红飞速。

苏幕遮

咏冬柳

惹愁肠，萦别恨。霜霰无情，寸寸摧难心。灞上客归休苦问。还是霏霏，雪絮飘成阵。　　腊将舒，春已近。欲与寒梅，共作东风信。长笛谁招留怨引。暗惜年光，莫待相思损。

水龙吟

咏杨花，用东坡韵

小园桃李都残，濛濛暗见飞花坠。风流性格，飘摇谁主，最萦春思。舞影婆娑，绮愁撩乱，锦帷休闭。待宝环纤手，捧来窗下，又还恐，因风起。　　便是陌头飞遍，问何能、碧梢重缀。乍惊雪散，宁堪泥污，妖红俱碎。自误疏狂，梦回细雨，春随流水。算天涯只有，孤蓬无定，洒同情泪。

鬲溪梅令

雨后饮西湖别墅，写意

柳丝梳日晚天晴。试香𫐓。夹岸朱楼归路、月含灯。有人楼上层。　　靓妆窥影两娉婷。弄瑶筝。怪道重逢娇树、尚亭亭。隔花闻笑声。

（以上选自《烟沽渔唱》民国二十二年排印本）

瑞鹤仙

戊辰重九会于李园，啸麓、侗伯二公约同作，用梦窗韵。

夕阳迷远峤。甚醉插黄花，匆匆归早。壶觞几班草。对四山霜叶，顿成孤抱。前番倚眺。记天角，孤鸿缥缈。问今年、健否何如，短鬓也曾吹帽。　　休道。闲园重访，觅句支筇，杜陵将老。垂杨犹袅。轻攀折，误年少。但萸囊愁佩，凄凉谁诉，洞口秋深径窈。又黄昏、流水无情，悔将影照。

（选自《词学季刊》第2卷第4期）

滕固（1首）

滕固（1901—1941），原名滕成，字若渠。江苏宝山（今属上海）人。上海美术专科学校毕业，曾加入文学研究会，后留学日本。回国后任教于母校及金陵大学，创办《狮吼》半月刊。历任国民党江苏省党部执行委员、行政院参事、中央古物保管委员会常委、昆明国立艺术专科学校校长等职。1940年兼任教育部中央学术审议委员，并授课重庆中央大学。有《中国美术小史》《唐宋绘画史》《唯美派的文学》等专著，以及小说《壁画》《迷宫》等。

如此江山

题烟桥《鸱夷酿诗图》

烟波十里空回首，甘乎在山泉水。试酿香醪，更煎芳醁，消受者般滋味。花香酒气。看击节狂歌，吹箫欲醉。如此江山，有谁投袂摩云起。　　江楼连苑独酌，叹鸱夷窃比，心潮如沸。旧恨千重，新诗一束，付与江枫落处。天风万里。怎不是当年，两家情意。最是难忘，岳阳楼上记。

（选自《同南》第十集，民国十八年排印本）

薛念娟（11首）

薛念娟（1901—1972），字念萱、见真，号小懒真室主人，晚号松姑，福建福州人。何振岱女弟子，“福州八才女”之一。著有《今如楼诗词》。

清平乐

萧条庭宇。更著黄昏雨。放下帘栊愁不语。忍看飞花无数。离人昔怕春深。于今秋老天阴。旧恨新愁多少，灯前香里沉吟。

柳梢青

花朝，竹韵轩小集

红烛高然。绿樽低酌，共礼金仙。梅蕊舒寒。丁香解结，春色无边。　　联襟小饮窗前。赏心处、还成绮筵。沉醉深宵，傍灯笑语，人月同圆。

如梦令

秋夜弹琴，寄琴寄室

一灯雨外闲吟。轻寒直透更深。欲睡怎生睡，焚香独理瑶琴。凄清。凄清。曲终雁思沉沉。

西子妆慢

春尽日游小西湖，寄怀道之苏州。

波碧摇天，山青涌地，迥野无边幽意。飞花片片是离愁，好风光、有谁能记。凝眸烟际。怅年年、留春无计。恁沉吟，对暮云黯淡，书成慵寄。　　轻烟外。隐约群峰，悄悄余寒坠。扁舟何日早归来，翦窗灯、共君无睡。阑干静倚。望征雁、吴天千里。最消魂，柳外斜阳一带。

点绛唇

一抹秋云，暝天远渡寒鸦影。落帆风外，星火生渔艇。　　远笛飞声，听久高楼静。更初永。斗斜星炯。月也如人冷。

清平乐

邵武重九，登诗话楼，怀故乡社中诸姊妹。

宿云舒晓。人意山居悄。雁信不来秋欲老。可是离怀抛了。　　和香采菊成囊。越王台上重阳。别有诗心难写，风流谁继沧浪。

虞美人

惜　春

垂杨雨后残烟湿。落絮因风急。寒潭花影爱相依。不信杜鹃枝上报春归。　　韶光解为诗人永。夜色龛灯静。重温旧梦证三生。耿耿孤光自照悟虚盈。

齐天乐

客　感

窗光向晚如初晓。浓阴欲迷晴昊。卷幔添衣，挑灯展卷，时有江风吹到。沉烟树杪。搁暝色千层，飞起栖鸟。伫立空阶，挂檐新月一钩小。　　身间那愁趣少。绕堤寻旧迹，郁绪凄渺。古堞寒鸦，荒村暮霭，客里怎堪凭眺。离肠断了。是只合商量，梦中欢笑。此日春迟，远怀应更悄。

虞美人

秋　夕

流萤几点疏篱外。总觉秋无赖。不如闭户剔银镫。一穗凉红照梦却分明。　　何因悄立风檐下。对此凄清夜。只怜孤赏有寒香。花发庭樨和露著轻黄。

蝶恋花

新寒依枕闻笛声有作

残叶萧萧霜意迫。白月窥帘，菊影摇新碧。凤尾低垂罗帐寂。瞒人却放新寒入。　　婉晚冰姿心不隔。小梦来寻，待慰孤更客。恨煞无情何处笛。梦魂吹落天南北。

浣溪沙

黄叶飞时夜气清。小楼无月见凉星。栏杆倚尽柝三更。　　隔枕蛩吟当坏壁，背灯竹影画中庭。无人相慰此时情。

（以上选自《小懒真室词》，《寿香社词钞》民国三十一年刻本）

查猛济（2首）

查猛济（1902—1966），字太乂、宽之，号寂翁，浙江海宁人。五四运动时，为杭州第一师范学校学生，参与创办《浙江新潮》周刊，宣传新思想，遭校方开除。曾任《之江日报》编辑，旋任教于杭州英文专修学校，加入中国共产党。抗战期间，任浙江省民政厅秘书及省贫儿院院长，抗战胜利后任英士大学哲学系教授。1949年后，受聘为浙江省文史馆馆员。编有《唐宋散文选》《中国诗史》。著有《为无为堂诗词集林》，自记云："平生填词四十首，曰《绮语集》。"

满江红

十载江湖，只贮得、哀词百曲。且莫说、飘零身世，纵横棋局。贝锦谮人伤已甚，明珠夺我欢难续。任韶光、流转带愁来，慰离索。　　齐物论，从头读。不遇赋，无心作。徒向天搔首，中庭踯躅。凄绝西台恸哭记，缠绵北里胭脂绿。听萧萧、风雨卧人魂，埋红萼。

虞美人

癸未中秋云和对月

天公不管金瓯破。又遣婵娟堕。红窗帘卷够消愁。无奈旧时欢梦倍绸缪。　　分明故镜重圆好。夺取冰魂早。归来灭烛枕衾安。偏是凄凉筝语一声酸。

（以上选自《为无为堂诗词集林》民国三十四年排印本）

陈翠娜（27首）

陈翠娜（1902—1968），又名小翠、璻，别署翠吟楼主，斋名翠楼，浙江杭州人，陈栩之女。著作有诗词曲文稿《翠楼吟草》及《梦游月宫》《黛玉葬花》《自由花》《除夕祭诗》《护花幡》五部杂剧和《焚琴记》《灵鹣影》传奇，另有《望夫楼》《自杀堂》《法兰西之魂》《情天劫》等小说若干。《翠吟楼草》重刻本包括民国十六年（1927）初编本一至六卷和民国二十九年（1940）二编本七至十三卷，刊于民国三十年（1941）。

蝶恋花

病中作

花影当窗人未寐。无赖银蟾，偷觑文鸳被。小梦载愁飞不起。和烟堕入蛮荒里。　　如豆灯花红欲死。坐起还眠，睡也无滋味。漾皱罗帏风影细。模糊幻作蚕眠字。

金缕曲

题《佛影丛稿》

顾况诗中佛。有无边、罗胸奇字，盈箱怪笔。骑象鸠摩看渡海，掌上乾坤盈尺。看不出、沧桑今昔。南国相思红豆雨，比西天、禅梦桃花雪。空与色，二而一。　　醉来忽向苍虬叱。怪漫天、狂风骤雨，蛮笺嫌窄。李白千年仙不去，毕竟尘怀难释。因绮语、者番重谪。断发一缄青女泪，负残书、千卷黄公石。莫比做，子由瑟。

洞仙歌

芙蓉池馆，有画纨人凭。瘦蝶眠花抱秋冷。爱罗襟如绣、花影如潮，只觉得，人比月华还艳。　　银钩和梦语，小展屏山，画取轻雯入鸳镜。鹦鹉悄无声、短笛惺忪，却刚把、醉魂吹醒。拼月落、参横独寻诗，任漏尽、铜壶香销金鼎。

南歌子

香篆消金鼎，更筹转玉龙。峭寒和雨湿帘栊。小朵灯花、瘦得可怜红。　　怯冷添重幕，留春怕晓钟。帘钩隔梦响丁东。吩咐屏山、遮住落花风。

清平乐

莺愁蝶怨。挨过三春半。满院绿阴帘不卷。人比斜阳还懒。　　消魂时节清明。一番微雨初晴。睡起凭阑无语，隔墙吹过箫声。

高阳台

雨　夜

带眼移春，琴心瘦雨，等闲负了花阴。影乱风灯，小楼帘幕寒侵。恼人春梦多于草，才朦胧、梦又相寻。彀沉吟。几度惊回，溜却钗簪。　　关山眼底磨旋过，信天涯未远，只在鸾衾。羁旅飘零，十年犹作书蟫。凄凉莫厌梧桐语，替离人、诉尽秋心。最难禁。一夜帘纤，小院苔深。

浣溪沙（二首）

元　夜

百级琼楼响玉梯。衣香如雾瑞烟迷。风灯络索动珠玑。　　画枕鲛鱼吹短梦，锦笼香兽护春衣。生憎鹦鹉隔花啼。

绣幕风敲押蒜银。千条红烛煮秾春。华筵初进鲤鱼唇。　　骑蝶花天春梦小，系灯屏角晚烟昏。蜡花闲污石榴裙。

浣溪沙

月殿虚开窈窕云。银河私语静中闻。满天诗思化星辰。　　红藕花香帘外雨，银床凉逼梦中人。起来秋气润苔痕。

高阳台

家君咏蟹命和，嘱当细腻，不得作横行语。

湖海胸襟，珠玑咳唾，一樽同醉重阳。左手携来，怜伊乌爪逾长。文园病后心禅定，剩伊人、深嵌桃瓤。唤渔娘，络索蓬窗，篝火菱塘。　　汉宫艳虎轻黄额，记银灯亲剔，为汝题王。小时好剪纸贴蟹壳薰作虎头。蟢子来时，茶珰初沸山姜。酒边夜话鱼龙气，笑沉沙、怒戟犹张。漫评量，司马文章，叔宝肝肠。

洞仙歌

夜窗听雨，逗微寒如线。一穑樱花抱愁颤。便冷红吹尽，嫩绿生阴，只觉得，春比梦魂还短。　　石华生广袖，龙脑香多，叠向闲床一年半。凉缬暗灯花、雨冷烟荒，算此味、年来尝惯。听帘外、潇潇更无人，对六曲屏山、水遥天远。

蝶恋花

排闼青山刚对镜。六曲红阑，背立春人影。花外斜阳楼上暝。柳丝烟雨清明近。　　愁到眉山低一寸。揽镜怜花，减了年时俊。

指上螺纹心上印。旧情是梦都难醒。

喝火令

系领芙蓉缬，堆鬟茉莉珠。绿阴深处闭门居。记得个侬生小，窈窕十三余。　　待月栽新竹，延秋种碧梧。小红楼上上灯初。记得隔重，灯影卷流苏。记得流苏帘底，相对译新书。

绮罗香

樱　桃

翠笼分珠，瑛盘贮月，春醉昨宵微雨。搓就胭脂，吩咐采香人数。倚银屏、红豆羞拈，临晚镜、沉檀偷注。细看来、绝似珊瑚，胆瓶天竹缀新乳。　　樽边苦忆樊素。恍见小唇怯酒，盈盈如许。逭暑纱厨，应被荔奴偷妒。恰衔残、上苑莺儿，莫饲与、茜窗鹦母。爱连枝、团腻堆香，噙来犹带露。

洞仙歌

绿阴微雨，衬湖光千顷。远塔玲珑小于笋。正玉瓯试茗、宝扇笼香，悄悄地，绿到半楼山影。　　朱扉临水住，曲曲垂杨，倒吸春人入鸳镜。携个小秦筝、窄袖云蓝，同载上、短篷瓜艇。向云水、乡中过清明，有竹叶煎茶、杏花簪鬓。

蝶恋花

小玉钩帘银蒜亚。菡萏开时，逼得明湖窄。一桁秋河天际泻。石阑人影清于画。　　双髻词仙娇不嫁。嚼蕊吹香，日日红楼下。

向晚沙堤风渐大。柳丝扶上桃花马。

翠楼吟

忆半亩园

草积阶深，竹遮窗暗，绿上艳妆人面。槿篱才几曲，有多少茑萝开满。叮咛休剪。怕一架蔷薇，舞红惊散。春将晚，酿愁天气，卖花门巷。　　谁管。近日阴晴，料画棋石冷，题诗叶换。回廊杨柳外，尽撅瘦风箫心眼。璇台梦悄。任吹碧情天，晚星成串。除非倩。流萤花底，夜深寻见。

唐多令

一带竹篱笆。疏林点暮鸦。傍青山、三两人家。纸阁芦帘寒似水，寒不过、水仙花。　　篝火玉丫叉。红炉映脸霞。听潇潇、雪打窗纱。约梦不来来便去，来共去、只由他。

洞仙歌（二首）

新嫁娘夕佳亭消寒社拈题得此

红灯如海，拥美人归后。六曲云房暗香逗。只银瓯怯酒，藻镜怜花，平地把，小小灵犀猜透。　　为伊增腼腆，女伴娇痴，偷觑云英画屏背。仙影隔轻纱、卷发回波，尽缀满、明珠如豆。待箫琯、双吹入青冥，问门外停云、凤凰来否。

花冠不动，障如云羽扇。醉后芙蓉学人面。任银蟾窥影，仙凤啼花，浑不语，悄向镜台偷眼。　　灵犀冰雪惯，如此生疏，唤作卿卿几曾敢。双意本无尘、不是矜持，是旧例、娇羞难免。尽相对、惺惺惜惺惺，料坐到天明、两心情愿。

湘　月

题何香凝女士画梅、余静芝女士桃花、张聿光补柳合幅。

美人来未，正江南日暮，碧云千里。情太芳菲心太冷，谁是梅花知己。老干风雷，仙姿冰雪，别有伤时意。胭脂几点，泪痕吹下天际。　　别来杨柳依依，树犹如此，顾影添憔悴。梦醒空山人一世，换了冷红生翠。洗马愁多，避秦地窄，并作三株媚。春魂如水，无端风又吹起。

清平乐

鸭炉香重。晴日筛帘缝。小鸟踏花连影动。搅碎一窗春梦。　傍篱亲种牵牛。为谁终日凝眸。心上万千嗔怨，相逢一笑都休。

菩萨蛮

梦回自觉心弦颤。楼窗返照花阴乱。午倦悄无人。炉香吹白云。　　大堤杨柳下。山水明于画。四月草如丝。日长闻马嘶。

大江东去

题《东游草》

高楼一笛，被离情吹得，柳丝无力。夹道樱花容马过，踏碎满街红雪。广袖唐装，轻纱宫扇，人似扶桑蝶。赋才灭尽，可怜恩怨难说。　　君看故国河山，边关铁骑，几度金瓯缺。无复新亭能下泪，名士过江如鲫。燕市悲歌，黄龙痛饮，此意空今昔。长吟当哭，一杯且酹江月。

摸鱼儿

九月十日乱中送别

怪朝来、漫天烽火，匆匆君又归去。中原荆棘豺狼乱，那有凤鸾栖处。风更雨。瓣一片吟魂，打叠随飞絮。断肠无语。剩千尺回文，一篇锦瑟，休索解人注。　　长亭暮。山叠乱愁无数。征鸿欲飞还住。萧萧易水无家别，不是寻常儿女。君信否。只万劫深情，万劫还如故。到灯焰青时，枫林黑后，迟我梦中路。

大江东去

十一月十二日上海失守

天倾西北，蓦东南海市，晚霞俱赤。废井颓垣浑不似，换了旧时宫阙。玉骨成灰，干戈影里，艳魄搀云立。故都何处，铜仙夜夜偷泣。　　忍饥三月围城，青鸾咫尺，无计传消息。蜀道艰难悲望帝，难怪杜鹃啼血。唐韵书空，秦箫咽泪，何暇伤离别。人生到此，问天天竟何说。

菩萨蛮

日高风软流莺笑。满庭山影无人扫。花热卸红衣。草长胡蝶飞。　　而今沧海变。梦也难寻见。第一忆江南。年年三月三。

（以上选自《翠楼吟草》民国三十年重印本）

丁宁（21首）

丁宁（1902—1980），字怀枫，别号昙影楼主，又号还轩，原籍江苏镇江，幼随父移居扬州。居处有书斋名曰“还轩”，故词集名《还轩词》。著有《昙影楼词》《还轩词》。

念奴娇

题虞美人便面

拔山歌罢，剩悲风千载，尚流呜咽。多少英雄家国恨，都付霜花轻决。梦里关河，樽前儿女，弹指音尘绝。阳城朝市，汉家何处陵阙。　　几许古烬寒灰，荒烟苦蔓，犹照娟娟月。满地榛芜云縠冷，不见分钗遗玦。清泪随风，芳痕晕碧，懒向东皇说。断肠春暮，杜鹃夜夜啼血。

凄凉犯

珮环寂寞。蘅芜杳、璇台梦醒凄切。素因未断，香魂欲化，趁春齐发。轻霞半折。似新剪缃罗叶叶。恍当年、离宫宴罢，舞袖衫云叠。　　愁绝烟尘夜，铁骑惊嘶，怒虹寒掣。燕支涴地，漾灵蕤、蝶衣飘缬。露沁珠莹，尚依约啼痕暗结。又东风、满苑簌簌，偃绛雪。

庆春泽慢

梅黦侵帘，苔纹叠砌，暖风吹老荼蘼。几日酥霖，绿阴又遍天涯。铢衣半逐朝云散，袅歌尘、倦影还飞。惜芳菲，小院长扃，罗幕长垂。　　烟鬟绰约知何处，让霞融蛤粉，霜研桃绯。晚晚仙英，繁华犹认依稀。萋萋莎草埋香径，更谁怜、蕊苑重归。是耶非。扇角残春，阑角斜晖。

望江南（四首）

题山水画册

江南好，春色最相思。十里绿杨摇翡翠，一溪香雾湿燕支。细雨杏花时。

江南好，清景胜桃源。几叠云峦分远市，一宵梅雨涨新泉。闲上钓鱼船。

江南好，时节正清秋。霜叶醉同红杏艳，青山闲共碧云浮。人在最高楼。

江南好，积雪满溪山。冻蕊香沉难辨影，明蟾光冷不胜寒。短艇夜漫漫。

（以上选自《词学季刊》创刊号）

甘　州

画　菊

悄西风将恨上毫端，枯香又吹醒。看烟鬟亚月，清姿浣露，畹晚曾经。一晌融冰研粉，辛苦缀寒英。不是霜华冷，倩影谁凭。
记得东篱秋老，便几番风雨，几度飘零。叹孤芳日暮，无复旧娉婷。待折取、铜瓶深护，怕萧疏、已失故园情。凄凉感、掩悲秋泪，重认丹青。

一萼红

虞美人

锦蹁跹。甚春光渐老，花事尚缠绵。娇蕊垂珠，仙衣拂羽，清影愁倚芳烟。问谁省、虞兮旧谱，怅环珮、缥缈画栏前。倦碧眠苔，堕红沉土，肠断年年。　　千古伤心尘海，恨拔山有愿，叠石难填。残垒临江，连烽照野，陈梦回首依然。剩畹晚、灵蕤袅袅，伴东风、开遍奈何天。寂寞华鬘夜永，心事啼鹃。

上江红

臞禅先生函索旧作并询身世，感赋此阕。

逝水沉沉，流不尽、倦怀千叠。却幻作、星星唾影，暗凝呜咽。素迹自同宵鹤警，微吟半逐秋蛩歇。镇何心、检点蜕蛾丝，残蟫屑。　　凄凉雨，伶俜月。哀蝉恨，啼鹃血。叹十年禁受，一朝都决。陈梦渐随灯影黯，泪华寒共冰绡结。更那堪、回首觅音尘，循离玦。

江城子

醖梅庭院晚风柔。怕登楼。强登楼。记得清宵、记得月如钩。记得荼蘼香雪里，呼燕子，话春愁。　　闷来窗下理箜篌。夜悠悠。思悠悠。宛宛音尘、肠断几时休。梦遍江城寻杜宇，花自落，水空流。

（以上选自《词学季刊》第1卷第3期）

一萼红

芦　雁

渺天涯。正关河秋老，霜信到蒹葭。掠水横斜，临风断续，残梦惊起平沙。尽消受、菰青露冷，趁落日、不愿逐昏鸦。永夜孤怀，伴砧随月，凄迸哀笳。　　江上偶逢边侣，问前经游处，是也非耶。迷垒云黄，垂烟黍熟，清影犹忆些些。更惆怅、衡阳望杳，怕潇湘、归去已无家。寂寞荒江岁晚，还倚芦花。

喝火令

题湖石水仙

洛浦尘无迹，瑶台梦有痕。自从流水悟檀因。不是清凉净土，不愿托孤根。　　海国春犹早，湘灵韵已陈。谁将金粉驻仙云。一样冰姿，一样玉精神。一样亭亭素影，姑射是前身。

（以上选自《词学季刊》第2卷第1期）

台城路

孝昂先生以近作见示，漫成一解。

寒涛呜咽严城晚，萍踪倦随轻舸。振袂豪情，行吟孤抱，还照歌围灯火。羁怀无那。趁一缕霜笳，隔江吹过。节物惊心，暗愁缥缈寄清些。　　长宵唾壶击碎，新辞霏白雪，惆怅谁和。息影盟鸥，浮生寓燕，沉恨金瓯已破。狂尘莫涴。看岁尽东园，早梅催朵。醉卧疏香，快游堪道可。

临江仙

题湖石水仙

一夜天风仙梦冷，春光淡到无痕。试裁冰纻罥芳魂。暂时留色相，未许着纤尘。　　照影凌波曾几劫，盈盈回雪丰神。偶因萍梗示前身。倏然辞逝水，清迹寄云根。

临江仙

感　赋

帘影沉沉银箭悄，残阳消尽余温。小窗长坐待黄昏。荒庭春似梦，新绿旧苔痕。　　料峭轻寒侵短袂，东风吹醒吟魂。飘萍难住絮无根。清因随逝羽，何处问前身。

（以上选自《词学季刊》第3卷第1期）

菩萨蛮（二首）

小庭日暖花枝舞。绿窗睡起调鹦鹉。莫再唤梳头。春人无限愁。　　玉蝉笼鬓冷。泪湿东风影。清恨有谁知。隔帘蝴蝶飞。

柳花风软黏春水。朱樱低簇长干里。双燕语斜晖。卷帘人未归。　　昼沉银蒜悄。宝镜青鸾小。惆怅画屏风。海棠和泪红。

木兰花慢

夜雨鸣阶，清寒沁梦，悄然成咏。

枕寒残醉解，听凄雨、一声声。正淅沥循檐，琤琮和漏，滴到三更。空庭。恍闻絮语，似春魂唤我话平生。冉冉清愁漫展，沉沉逝水堪惊。　　分明。身世等浮萍。去住总飘零。任写遍乌丝，歌残白纻，都是伤情。伶俜。已无可恋，问当窗柳眼为谁青。一霎乱鸦喧曙，梦痕红入疏檠。

（以上选自《同声月刊》第 1 卷第 7 期）

鹧鸪天

感赋寄味青

风里轻蓬水上萍，一般身世两飘零。漫从去日占来日，未必他生胜此生。　　新旧恨，别离情。清因薄幻自分明。如何弄影江潭柳，犹向斜阳著意青。

鹧鸪天

夜凉不寐，展视旧作，惘然赋此。

寂寞危楼夜已阑，峭风吹鬓觉新寒。蔫昙岂共花争色，贞璞何妨石比顽。　　香欲烬，漏初残。劳生难得一些闲。吟囊几叶飘蓬史，展向灯前作梦看。

（以上选自《同声月刊》第 1 卷第 11 期）

顾毓琇（8首）

顾毓琇（1902—2002），字一樵，江苏无锡人。毕业于清华学校，曾任国民政府教育部次长、中央大学校长、国立音乐学院院长等职。后赴美留居。工诗词，著有《顾毓琇词曲集》《太湖集》《海外集》《蕉舍吟草》《齐眉集》等。

满江红

自题古城烽火

琼岛瀛台，都付与、荒烟蔓草。空怅望，古城烽火，梦魂缭绕。故国河山留半壁，长期征战平三岛。愿中华、儿女奋雄威，黄龙捣。　　卢沟恨，终须报。奸伪丑，何时了。怎衣冠禽兽，腼颜谄笑。无定河边堆白骨，妙峰山下传青鸟。定惊天动地与人看，功成早。

（选自《民族诗坛》1939 年第 3 卷第 4 期）

满江红

十万英雄歌

十万英雄，待东下、千里舳舻。蓦回首、石城杨柳，来舞巴渝。神女汉皋遗玉珮，鲛人南海失明珠。更可堪、巫峡听猿啼，长叹吁。

从天竺，通险途。定滇右，启雄关。驾战车收复，柳桂苍梧。饮马湘江驰鄂渚，扬帆三水到番禺。看会师、瀛岛灭扶桑，还上都。

（选自《新战士》1945 年第 4 期）

水调头歌

（一）圣女峰

冷落中秋节，高处觅青天。且来圣女峰顶，把酒问流年。却喜惠风晴畅，直上琼楼玉宇，踏雪碎冰寒。气薄浮云脆，謦欬落人间。　　黄花傲，黄叶渐，待冬眠。不知今夕霜露，月照故乡圆。翠柏苍松相拱，白雪青云将护，终古此婵娟。但愿天长久，人事不难全。

（二）日内瓦（Geneve）

秋月一何皎，万里照长空。旅途乡思归梦，画付图画中。情放拜伦豪句，浪逐卢梭仙岛，贞雪白头峰。湖水依然碧，峰白夕阳红。　　干戈起，天地暗，逞英雄。人间多少离散，遍野是悲鸿。不见当年欢笑，但闻今朝愁苦，落叶卷西风。四海一家好，盟誓又重重。

（以上选自《上海教育》1946年第1卷第2期）

南　浦

太平洋上

澄清海宇，看太平洋上涌金门。天际人间星火，点点耀银村。瀛岛匆匆飞渡，忆樱花时节雨纷纷。跨惊涛骇浪，风驰电掣，暮雾逐朝云。　　明媚檀香山色，叹珍珠、破碎总销魂。世外桃源相问，艳舞草罗裙。醉酒狂歌欢梦，又谁知、此处旧创痕。卷翠屏、记起愁眉，秋月送黄昏。

八声甘州

巴黎琴歌

怅西风不管老征鸿，摇落几天涯。恰画楼雅集，明珠蕴玉，落雁平沙。响遏行云流水，鹤啸绕朱霞。何必秋声赋，唧唧兴嗟。　　更有琵琶奏怨，寄相思红豆，香弄梅花。待帘钩映月，远翠暮烟遮。听佳人、清奏一曲，尽无端、锦瑟度春华。笳声起、阳关三叠，那里人家。

（以上选自《文艺先锋》1946 年第 9 卷第 5—6 期）

鹊踏枝

浪逐飞花藕棹远。柳岸维舟，不系青春怨。一曲清歌仙女伴。白云无妒天心换。　　凤盖华旗虹彩散。人去黄昏，月照关山遍。水涨平湖风皱面。横空落雁沙洲限。

（选自《文选》1946 年第 2 期）

水龙吟

咏台湾，用陈定山韵

首阳薇蕨能甘，受降赤嵌增豪气。晓光东海，落霞西屿，澄台安寄。鹿耳春潮，沙鲲渔火，蛮姬番戏。趁杵歌声里，婆娑起舞，罗伽女、神仙妓。　　却看天开南极，隐蛟龙、云沙无际。烟生日脚，冰寒月窟，鲸鲵谁骑。流水渠成，高山族聚，翠澎香寺。喜梅花才放，荷花便见，古东溟地。

（选自《文潮月刊》1947 年第 3 卷第 6 期）

黄孝平（10首）

黄孝平（1902—1986），字君坦，号叔明、甡叟、鼇庵，以字行，福建闽侯（今福州）人。少时与兄孝纾、弟孝绰并工诗词骈文，有“江夏三黄”之目。早年在青岛礼贤书院肄业，并师从薛肇基研习辞章、训诂、考据之学。1929年为徐世昌撰《晚晴簃诗汇序》，参加过稊园、蛰园、瓶花簃等诗社词社的活动。著有《清词纪事》《词林纪事补》等，曾与张伯驹同编《清词选》。有《红踯躅庵词》《燕龛词》。

浣溪沙

一院梧桐悄悄阴。阑干匼匝画楼深。碧云无极怕登临。　　濩落黄花和蝶瘦，伶俜缺月伴虫吟。最难消受是秋心。

浣溪沙

莫向青春学解嘲。龙鸾密誓夜迢迢。一回相忆一魂消。　　病久带围随孔窄，夜凉棋子背灯敲。海红帘底月如潮。

大　有

青州法庆寺，在郡城西隅，禅房深窈，水木明瑟。清明佳日，士女翕集，为讨春之会，称极盛焉。乱后重游，抚时感事，凄然成咏。

髡柳依墙，枯桑覆瓦，倚危阑、目断平楚。搅秋心、西廊败叶如语。玲珑峰落斜阳外，浑不似、前番眉妩。到耳万里河声，暗将岁华流去。　　记当日，凭眺处。袨服竞嬉春，钿车溢路。景促情移，惟有梵音如故。皱面怕临池水，暗销凝、残霞一缕。片时惹、幽恨人天，闲鸥解诉。

满庭芳

北人于秋尽日取卵蒜纳盎中，沃以榼饴，经时出佐俎实。晶凝如红玉，味绝隽美。

筠蒌恹香，蔗饴宿腻，调酥酿蜜殷勤。玉脂一握，依约水仙根。猛忆残年风味，较量胜、露韭春芹。红窗底，纤荑细擘，嫩辣溅朱唇。　　晶凝如琥珀，经年醉骨，忽佐盘飧。任瑶钗，刺取人殢微醺。未惯山家冷食，丁宁属、红粥须温。还私语，南烹味浅，无梦到乡莼。

台城路

秋暮招同半髡大兄、公孟四弟、权姝妹、湘畹侄驱车至柳树台望劳山，归途作兼寄。

西风雕尽荒台柳，重来又逢秋暮。新涨沙寒，余凉叶泫，九水盈盈如故。断烟荒溆。带天外遥帆，恒河沙数。一镜空濛，浅莎吹冷鹭鸶雨。　　伤心羁山恨水，冻鬓应笑我，归梦无据。蕨尾盟鸥，桃腮试鳜，枨触前游离绪。夷歌凄苦。听断雁哀笳，声声如诉。莽荡中原，乱鸦天尽处。

台城路

己丑除夕

银虬暗度沉沉夜，风帘篆烟撩乱。翦采深情，藏弫嫩约，眉缬迎春初展。低呼如愿。算马齿频增，短檠兀伴。欲置痴状，长街笼烛默寻惯。　　休休年华似水，甚无情腊鼓，多事迎饯。客泪青衫，诗愁兰纸，明日从新检点。酒浓梦浅。待说与邻鸡，五更休唤。闷数残星，曲廊闲倚遍。

三姝媚

甲子春暮作

朱阑扶醉望。数花风今番，较多酝酿。摇曳心旌，窨一庭愁，思绿杨如瘴。年去年来，算惟有、斜阳无恙。瘦雪西园，倭堕酴醾，顿成孤赏。　　高阁尘凝蛛网。叹影事潜消，悲歌难放。百计牵人，向扇底尊前，易生惆怅。薄霭帘栊，又缥缈、华镫初上。悄立兰堂东畔，秋千索响。

花发沁园春

阴雨连日，不觉春阑。单枕梦回，万端横集，作此寄馰庵兄海上，当共凄婉也。

檐际萧萧，漏残镫烬，虚堂清夜难曙。寒入罗帏，梦回角枕，陡异旧时情绪。芭蕉自语。长是惹、一春凄楚。叹故国花事阑珊，剩红断白如许。　　怅触横流是处。料空江潮回，鲛鳗群舞。补罅心危，移床事拙，怎耐十年羁旅。美人迟暮。枉忆对、小窗残炬。分明湿、沙际年华，凄咏回肠诗句。

（以上选自《闽词徵》民国二十年朱印本）

渡江云

步遐庵韵

海天真一角，碧云合处，萧瑟白鸥心。新凉添近泪，休倚危栏，镫火暮愁深。横流底事，剩此地、披发沉吟。望中原、夕阳鸦点，笳吹送潮音。　　凄寻。明湖烟柳，岛屿荑花，恨秋风期准。谁解识、余情侧帽，危涕疏襟。江南梅雨迟归棹，又长星、夜夜横参。肠断处、斜帆载梦愔愔。

被花恼

秋暮偕众异游汇泉山作

轻车十里款秋光，空籁渐添林隧。眼底沧洲乱鸦起。余霞梦尾，飘镫作暝，一夕霜红坠。看倦羽，拣寒枝，小楼无恙西风里。　　多事近危阑，漫对红桑送残世。斜帆去去，叶下亭皋，岁晚相逢地。蓦惊涛挟雨趁黄昏，悄无语、寒山隐愁际。伫立久，故国苍茫云影蔽。

（以上选自《沤社词钞》民国二十二年排印本）

刘东父（1首）

刘东父（1902—1980），名恒壁，以字行，号乐无居士、旷翁等，四川双流人。历任刘湘幕僚、川康绥靖公署民事处处长，1949年后任四川省文史研究馆馆员、四川省政协文史资料工作委员会委员等。工书法、诗词，著有《旷翁诗钞》《忆剑楼词》。

踏莎行

静园独酌赏春，江流如画，数陌上游骢缓缓，颇饶佳兴，为赋此解。

柳眼舒青，桃腮匀粉。芳心欲醉愁难醒。轻寒应更怯衣单，斜阳淡抹江流静。　　沽酒桥边，寻春花径。清游谁与留佳兴。陌头归去玉骢骄，轮蹄笑数千圜并。

（选自《成都市》1945 年第 2 期）

刘祖霞（1首）

刘祖霞（1902—?），字啸秋，江西萍乡人。获日本九州帝国大学医学博士学位。曾任清华大学校医、北平大学讲师、中山大学教授兼医学院院长。有《椰风集》《椰风续集》《椰风三集》等。

醉春风

眼被飞花醉。心被流莺碎。梁间燕去几时归，未。未。未。罗帐灯昏，纱窗月朗，总难成寐。　　滴尽相思泪。误尽分携意。梦魂夜夜不相逢，悔。悔。悔。水远山遥，凭谁说与，别离滋味。

（选自《同声月刊》第1卷第8期）

龙榆生（34首）

龙榆生（1902—1966），名沐勋，字榆生，晚岁以字行，号忍寒、箨公，江西万载（今宜春市万载县）人。因排行第七，自称龙七。斋号风雨龙吟室、忍寒庐。为朱祖谋授砚弟子，自学成才，成就卓著。曾任教于暨南大学、广州中山大学、南京中央大学。民国三十、四十年代中，先后创办《词学季刊》《同声月刊》，并潜心撰述词学论著论文，收集词学文献，有现代词学开拓与奠定之功。生平著述有《词曲概论》《词学十讲》《唐宋词格律》《中国韵文史》《唐宋诗学概论》《东坡乐府笺》等，所编选本《唐宋名家词选》及《近三百年名家词选》风行一时。民国时期有《忍寒词》二卷。龙榆生填词受朱祖谋影响较大，夏敬观在《忍寒词序》中说他："词宗清真、梦窗，兼嗜苏辛。盖其旨趋与侍郎默契，所取法为词家之上乘也。"可谓知音。

天　香

遐公以此调咏罗浮仙蝶，即物寓兴，情见乎词，久欲继声，因循未就。会陈生以孤山绿萼梅见贻，枨触予怀，仍用梦窗韵赋此。

荒雪胎魂，仙禽唤梦，冰肌禁惯寒悄。竹外枝横，池边月上，倩影还怜娇小。绿鬟自整，谁盼得、东皇归早。清泪绡巾揾湿，新妆额黄输巧。　　空山困眠向晓。问宵来、酿春多少。避却东风料理，杏桃争闹。沉恨余香漫袅。剩有分、湖烟伴人老。堕尽繁英，残阳路杳。

浣溪沙

清明后四日离湖上，宿嘉禾旅舍

三宿湖滨未避嚣。软波轻送木兰桡。梦回西子太妖娆。　　客馆孤衾寒恻恻，败窗疏雨夜迢迢。不成小别也魂销。

金明池

孟劬丈辞燕京讲席，退居北平西郊之达园，门对扇子湖，夏日荷花甚盛，为胜国侍从诸公觞咏之所。半塘、彊村二老并有词，孟劬索继声，遂用半塘韵漫成一解。

背郭诛茅，临湖赁庑，浊酒高楼花近。书客共、征蓬多感，惊沙乱、朔吹漫引。动经时、地变天荒，似旅雁、临睨丛芦堪隐。占旧赏园林，新停烽火，待熨江关幽恨。　　莫叹清霜轻点鬓。梦觞咏承平，故欢休问。斜阳映、红衣半脱，吟侣散、醉魂未稳。锁烟霏、太液秋容，彊翁句。为断阕低徊，后期无准。怕打尽残荷，雨丝飘泪，好倩绡巾重揾。

（以上选自《词学季刊》第1卷第3期）

鹊踏枝（八首）

半塘老人谓冯正中《鹊踏枝》十四阕郁伊惝恍，义兼比兴，爰尽和焉。予客居无俚，复和八章，念怀乱人，不自知其言之掩抑零乱也。

斜掠云鬟凝睇久。宜面妆成，绰约仍依旧。病起情怀如中酒。带围省得新来瘦。　　折尽青青堤畔柳。梦结多生，未分今生有。悬泪风前沾翠袖。忍寒留约黄昏后。

肯向人前嗟命薄。香烬灯昏，鸳枕拼孤却。雨过荒庭花自落。愁来忆得年时约。　　困掩犀帷甘寂寞。料理醇醪，花底勤斟酌。乍听笙歌邻院作。怎生赚取闲哀乐。

扑簌鲛珠灯下坠。碧海青天，夜夜愁难寐。弹折素弦推案起。月明鉴取心如水。　　金井梧桐闲络纬。枉自多情，阊阖看深闭。谁与目成还两地。寻思抵得拼憔悴。

谁道侬家心已许。盼到佳期，一箭流光去。未恨枝头莺乱语。思量总被婵娟误。　　自掩镜鸾愁万镂。水阔天高，涨断兰舟路。回首众芳零落处。抛残红泪君知否。

忽忆故人天际去。香山寄微之句。暗数征程，未遽伤迟暮。梦里相思争识路。朦胧月挂江头树。　　醉折花枝还自语。蝴蝶翻飞，知到梁州否。流水一分风后絮。春心历乱归何处。

败叶残霞红一片。向晚辞枝，飘荡随风转。倦对清尊惊聚散。芳林扫尽情何限。　　似翦狂飙争割面。满地繁霜，休道寒犹浅。渐远哀鸿听不见。新声自按伊州遍。

梦里似闻鸡报曙。细数更筹，忽漫牵悲绪。日出三竿山吐雾。涓涓暗水漂花去。　　柳展金丝千万缕。苦罥春来，绊断行春路。叶底如簧新燕语。衔泥自办安巢处。

多事金风催昼短。弱线闲拈，盼得番风换。院落凄凉人不管。雁音兵气连还断。　　嘶过玉骢衰草岸。哀角荒波，仿佛通霄汉。独坐黄昏谁是伴。殷勤为祝清光满。

（以上选自《词学季刊》第 3 卷第 1 期）

齐天乐

秋感，和清真

中庭一白凉无际，繁霜骤惊秋晚。冻柳迷烟，荒萤照壁，离恨并刀难剪。孤帷暂掩。镇千叠烦忧，卧思冰簟。梦已无家，蠹笺凝泪对愁卷。　　江湖流浪最苦，塞鸿飞过处，凄感何限。梳骨酸风，羞容冷月，撩乱诗肠自转。骚魂去远。又瘦到今年，羽觞谁荐。漫把残花，坐看浓雾敛。

倒　犯

次韵酬大厂，依清真作

夜景、对修桐半凋，冻枝仍举。清泉漫煮。层帘外、更飘凄雨。闲情待付，沉水香薰余篝缕。噀残酒斑斑，不浣征衫土。坐长更，恼无绪。　　床底怨蛩，为伴羁人，咿嚶愁自语。蠹粉敛绣笔，爰骚客，修花谱。纵晕色，犹酸楚。诉瑶筝、弦弦相尔汝。斗病鹤烟姿，雪里吟寒句。未应梳倦翎羽。

石湖仙

为映庵丈题所藏大鹤山人手书词卷

哀弦危柱。只抽茧春蚕，心事如许。天纵一闲身，老江南、兰成解赋。清寒能忍，那惯见、霜枫红舞。酸楚。剩绣囊、好护佳句。　　神方漫教驻景，便知音、相逢旦暮。称拂吟笺，省识深灯闻雨。玉轸慵调，铁箫凄谱。黯然怀古。华表语。湖山倦梦谁主。

一萼红

壬申七月自上海还真如，乱后荒凉，寓居芜没，惟秋花数朵攲斜于断垣丛棘间，若不胜其憔悴。感怀家国，率拈白石此调写之，即用其韵。

坏墙阴。有黦颜堕蕊，华发忍重簪。幽径榛芜，斜阳泪满，兵气仍共沉沉。卧枝罥、余腥未洗，破瞑霭、凄引响羁禽。髡柳池荒，沉沙戟在，波镜慵临。　　太息天胡此醉，任残山剩水，怵目惊心。战舰东风，戈船下濑，谁办铁锁千寻。算惟见、当时皎月，过南浦、空漾万条金。悄立危亭欲去，风露秋深。春间，东夷巨舰破浪而来，我海军全无抵御，令敌得从浏河登陆，真如遂陷。

石州慢

壬申重九后一日，过彊村丈吴门旧居

急景雕年，凉吹振林，双鬓微雪。伤高展却重阳，眯眼惊尘飘瞥。庭空鸟噪，映带几朵黄花，秋魂栖稳余芳歇。孤负百年心，逐寒流呜咽。　　凄切。听枫人远，结作平草庵荒，旧情都别。留命桑田，万感哀弦谁拨。独怜憔悴，料理尔许骚怀，荒蟫销尽啼鹃血。异代一萧条，怆无边风月。

扫花游

虎丘送春，和清真

杜鹃迸血，怅蔽野飞红，引人凄楚。荡愁万缕。正倡条怨碧，絮酣蝶舞。梦绕荒丘，数点啼春细雨。信驴去。理落拓旧狂，鞭影知处。　　芳意能几许。纵半面关情，总迷征路。黛痕映俎。问蛛丝巧络，可欢心素。望极平芜，渐怯兰成调苦。少延伫。满池塘、竞喧蛙鼓。

六州歌头

感愤无端，长歌当哭，以东山体写之

青天难问，待击唾壶歌。惊残破。遭折挫。看山河。泪痕多。

掩面愁无那。民德堕。颠风簸。燎原火。滔天祸。可奈何。鬼哭神号，罪孽谁担荷。满地干戈。怅高衢大道，翻作虎狼窝。吞噬由他，不须诃。　　似狂潮过。冲单舸。嗟失舵。泛洪波。思从脞。意相左。长妖魔。数烦苛。万姓蒙枷锁。安偷惰。避虞罗。纵淫颇。攀花朵。任蹉跎。飘荡神魂，剩欲吟清些，贼及菁莪。更鸮音盈耳，无计托岩阿。雨泣滂沱。

八声甘州

九日，鸡鸣寺分韵得“沙”字

正穷阴乍敛倚高寒，碧天绚明霞。对长林霜染，重湖水涸，历乱苍葭。漫道龙盘虎踞，六代竞豪奢。兴废成何事，枯井鸣蛙。　　胜会聊追急景，怅荒荒海气，红日西斜。又征鸿嘹唳，回首总堪嗟。镇留连、风流自赏，待放怀、谈笑净胡沙。相将去、进黄花酒，暂制杈枒。

水调歌头

乙亥中秋海元轮舟上作，用东坡韵

沧海渺无际，星斗远垂天。举杯属影狂顾，明月自年年。迁客何心南去，差喜尘清玉宇，与我共高寒。俯仰发深趣，金碧晃波间。　　片云扫，孤光净，对闲眠。银蟾有意相伴，今夕十分圆。休叹浮萍离合，试问金瓯完缺，二者孰当全。击楫一悲啸，风露媚娟娟。

水调歌头

留别沪上及门诸子

孤客向南去，抗首发高歌。无端别泪轻堕，斯意竟如何。七载亲栽桃李，风雨鸡鸣不已，长冀挽颓波。壮志困污渎，短翼避虞罗。　　径行矣，情转侧，岁蹉跎。平生所学何事，莫放等闲过。胞与须常在抱，饱雪经霜更好，松柏挺寒柯。肝胆早相示，后夜渺山河。

摸鱼儿

丙子上巳，秦淮水榭禊集，释戡来书索赋，走笔报之。

任流莺、唤回残梦，青溪知在何许。六朝金粉飘零尽，凄断凤箫闲谱。君试觑。甚几缕烟丝，能系斜阳住。惜春将去。怪燕子乌衣，暂离飞幕，犹趁乱红舞。　　兴亡恨，输与岸边鸥鹭。新亭挥泪如雨。昏昏海气连朝夕，湔祓也应无补。休再误。待来岁花朝，可似今年否。危弦独抚。正绿遍天涯，子规声切，心事更谁语。

浪淘沙

红　棉

羞入绮罗丛。高干摩空。倚天照海醉颜红。脱尽江南儿女态，不嫁东风。　　春事苦匆匆。心事谁同。贞姿一任火云烘。合向越王台下住，那辨雌雄。

八声甘州

溥心畬以所作山水见寄，赋此报之

乍开函、巨刃划崩厓，元气自淋漓。料解衣盘薄，沉酣墨戏，飒爽英姿。萧寺钟声才动，策蹇上峨眉。回首宗周地，禾黍离离。　　陵谷何堪变景，怅黏天衰草，去住都迷。怨王孙归未，凤阙带斜晖。问谁图、鹊华秋色，寄骚心、不似赵家儿。长安远，动江湖兴，待进清卮。

虞美人

丁丑秋日，寄怀孟劬先生燕京

可怜霸上真儿戏。怎觅埋忧地。旧时明月照燕山。闲听雁音啼过一凭栏。　　暮年萧瑟情何苦。愁绝兰成赋。醉来莫唱望江南。渺渺天低鹘没阵云酣。

金人捧露盘

己卯除夜，同大厂、贞白

送年华。亲杯斝，笑声哗。对永夜、莫叹浮家。争辉绛炬，正千门、如昼警林鸦。酒酣香袅，奏新声、合付铜琶。　　云罗下，飘鸿影，毡帐外，莽胡沙。定一例、肝胆杈枒。春回梦里，仗案头、清供小梅花。忍寒相守，待看来、红灿朝霞。

念奴娇

庚辰初秋重游玄武湖，用白石韵

绿云依旧，但重游、不是当时吟侣。白发愁生明镜底，羞对嫣红无数。倦舞绡衣，暗倾珠泪，错怪朝来雨。惊回鸥梦，冷香都化酸句。　　薄暮。钟阜低迷，黛痕烟锁，波掠双鬟去。尽有野鸳沙际宿，禁得魂消南浦。玉笛飞声，银盘写影，还解留人住。凉飔初起，采莲歌怨征路。

八声甘州

庚辰重九，蔡寒琼招登冶城，分韵得“寒”字。

听萧萧落木下亭皋，客心似枫丹。正极天兵火，秋生画角，无语凭阑。金粉南朝旧恨，还向镜中看。争奈登临地，都是愁端。　　何许堪纫兰佩，对水明沙净，旅雁惊寒。便招携红袖，难揾泪痕干。总输他、中年陶写，又梦飞、沧海漾微澜。空回首，旧题名处，时有客得往岁乌龙潭登高题名册者，首署石遗老人，予亦与焉。万感幽单。

金缕曲

闻瞿禅去岁得予告别书，为不寐者数日，感成此解。

此意那堪说。数平生、几人知己，经年契阔。揽镜添来星星鬓，忍向神州涕雪。算咽恨、须拼一决。伫苦停辛缘何事，奈虚名、误我情难绝。肝共胆，为君热。　　故人自励冰霜节。问年来、栖迟海澨，梦余梁月。几度悲歌中宵起，和我鹃声凄切。诉不尽、口衔碑阙。填海冤禽相将去，愿寒涛、化作心头血。休更惜，唾壶缺。

木兰花慢

秋宵闻雨

滴空阶碎雨，和蛩语，诉秋心。正画角声酸，银潢信杳，海气沉沉。芳林。骤闻坠叶，带清砧惊起绕枝禽。倦枕才醒短梦，旅怀凄入商音。　　微吟。浊酒更谁斟。心事寄瑶琴。爱净洗浮埃，重悬明镜，不怨单衾。侵寻。鬓霜渐满，媚疏檠牢落意难任。一卷陈编坐拥，宵阑四壁愔愔。

蝶恋花

衰柳，和船山

总为多情曾惹怨。迫阨回风，怎遣柔丝断。似梦如烟迷塞管。当时错认归期远。　　舞影婆娑心绪乱。作弄秋光，触处成凄恋。天末残阳红一线。离魂禁得征鸿唤。

水调歌头（二首）

辛巳中秋前一日，柱尊招饮北极阁下。酒罢登山，素月流天，繁灯缀地，与数客歌啸林樾间，不知今夕何夕也。

坐拥一螺翠，银海看舒波。真成未饮先醉，镜面好山河。筛出林端疏影，淡著倪迂小景，老子自婆娑。狂客南朝擅，拍手且高歌。　　笙竽起，琼瑶碎，奈情何。藤萝攀向高处，簌簌撼寒柯。俯仰百年身世，尽挹乾坤清气，吾腹倘能皤。绝胜南楼夜，占取问谁多。

可望不可即，流盼若为情。素蛾冉冉来下，生色绣围屏。谁省婵娟深意，入谷穿林相媚，历乱撒琼英。玉树粲银浦，目眩苦难名。　　恍然见，凌波远，转娉婷。满天风露归去，下界跃鱼更。万户光摇木杪，积水交横荇藻，冷浸一潭星。聊用永兹夕，肝胆与俱清。

木兰花慢

闻海绡翁以端午后一日在广州下世，倚此抒哀。

剩芳菲楚佩，尽孤往，恋残阳。奈撼地鲸波，极天烽火，瞬历沧桑。兴亡。那知许事，咽危弦、酸泪不成行。未信春蚕已老，肯同辽鹤来翔。　　繁霜。百感共茫茫。还饱一枝黄。甚忍寒滋味，方凭雁信，去秋曾得翁书，并见寄《木兰花令》词，不料竟成绝笔。竟泣蒲觞。凄凉。几多怨悱，寄骚心、异代黯相望。泉底冰绡浥透，一灯乐苑重光。

（以上选自《忍寒词》民国三十七年排印本）

施秉庄（15首）

施秉庄（1902—1986），字浣秋，室名延晖楼，福建福州人。名儒施涵宇次女，何振岱女弟子，为“福州八才女”之一。著有《延晖楼词》《延晖楼诗草》。

卖花声

秋　思

秋晚雁归迟。声坠阶墀。新凉意味夜蛩知。霜月阑干还独倚，越自凄其。　　往事耐寻思。似梦偏疑。欢悰多少记年时。欲老秋光弥爱惜，寒菊疏篱。

念奴娇

客中见月寄超农

小窗休掩，望清光隔着，�藤架。更喜榴花深浅色，恰映罗衫初夏。人语喧邻，虫声逗壁，醒睡频惊讶。思量千种，怎生消这奇夜。　　猛记畴昔芳悰，鬟云初整，如水凉痕泻。欢笑而今何处觅，冷落前番杯斝。客驿羁愁，阑更断绪，挨到兰缸灺。漫怜佳景，只添珠泪盈把。

御街行

西湖泛月忆浣桐

平湖雨过添秋色。渐暑退、千花寂。微波轻漾玉蟾光，千点舒开金碧。橹声欸乃，影儿婀娜，无那情犹昔。　　离人只恨云山隔。道似梦、寻无迹。芳醽清茗近来疏，底事闲愁偏密。遥看对岸，烟松迷夜，昏黑栖归翼。

双双燕

飞　花

缀霞翦锦，恁飘地风低，倦红初坠。轻盈片片，惊散小池游鲤。前度画栏忍倚。问春去、人归还未。生怜粉蝶多情，却绕枝头相慰。　　犹记。东园雨霁。翠毕唤为欢，盛时曾几。新阴遮遍，芳讯暗催缘底。长日伤离意味。只憎那、莺声无赖。吹过柳绵，目断水南篱外。

浪淘沙

辛未十月雨中，遇浣桐于延津途次，喜极。君往兰州，临分以手摘词抄见赠，感作。

疑梦复疑真。端是斯人。绝欢娱处转酸辛。记得故乡临别泪，犹湿罗巾。　　灯火闪江村。雨畔黄昏。了无言语送飞轮。怀袖墨香藏写本，留证心魂。

忆旧游

壬申年独游杭州西湖，遇慧侬、一啸于旅邸，惊喜不胜。忽已十年，今慧侬客重庆，一啸客永安，余则往返南平故乡间，追思昔游，伤感殊甚。

甚年年作客，昔昔怀人，寸迹难忘。当日相逢处，似人来梦里，月出秋旁。片响虚空桂子，为我落仙香。恁无限欢娱、几生缘会，湖水怎量。　　回肠。十年事，叹音书海隔，别恨天长。漫道渝州远，只桃源永安有桃源洞。异县，剑水殊乡。剩有镜中人影，萧寺隐疏篁。记断续钟声，南屏古塔流夕阳。

满庭芳

延津客夜，霜月交辉，孤坐至明，有作。

叶落庭宽，秋高月大，绕屋霜气棱棱。直疑苍宰，移昼作深更。道睡如何睡着，回栏上、百遍间凭。凝眸处，前江尽白，星火闪渔灯。　　姈娉。天际影，飞过只雁，略不留声。早金缸焰灭，檀鼎香轻。身在琼瑶世界，看上下、一片空明。忘怀也，孤游已惯，谁道是萧清。

八声甘州

戊寅年，赴秉雅六妹武夷之招，为留数日归。忽已四年。妹徙居江右，因忆旧游赋此以寄。

叹年来踪迹总萍浮，随风任飘飖。算同根连叶，闽南江右，相见遥遥。三十六峰旧约，胜处结层茅。甃个茶炉地，一径通樵。　　记否危岩低瞰，问舟穿几曲，还阻飞桥。更吾行木末，汝似傍云霄。费追寻、仙山风景，写箄鬟、浓黛上生绡。新图在，作重游计，去汐来潮。曾与妹合作一图。

唐多令

余住延晖楼四十年矣，壬午返里，楼圮不可住，赁居同巷小楼，仍可见旧楼踪迹，感作。

屋瓦劈鱼鳞。苔垣回比邻。但依依、柳色黄昏。同是小楼情思别，照明月、旧时人。　　小劫度红尘。鲸鲵恨未申。叹沧田、几换新陈。百尺楼台图再起，好吹返、昔年春。

南歌子

晚雨有怀寄浣桐张掖

萧寂还凭几，黄昏未下帘。夏云一角脱山尖。已是斜阳和雨、画层檐。　　今夕家园北，予家在越山麓。前冬驿路南。送君有泪只深含。留得离痕不忍、浣征衫。

双调望江南

夜闻桂花香

飞雁远，行外碧天低。凉月浸阶明似水，轻风穿幕细于丝。人静一灯迟。　　天气好，恰是桂花时。白昼有香偏不觉，微闻无隐夜深宜。禅思得依稀。

水龙吟

剑津旅行，次夕船窗微雨，感怀，步超农赠别原韵。

侵舱小雨溟濛，宵深便觉溪声异。风欺客子，独愁映烛，轻寒依被。岸柝频闻，水程多少，天明还未。记别时意绪，黯然相对，应都在、忘言里。　　大地商声休慨。数回头、此情无赖。前欢堪觅，却怜闲恨，如云初坠。何日家乡，绛帷重展，同披书史。感故人、志在千秋事业，敢忘归计。

金缕曲

己卯季夏，归自延津，省梅叟师于藤山。时可羲亦初从永泰归，诸同学皆远徙。寂寥相慰，予又当去，临行书此，留示可羲。

晴雨浑无次。甚纷飞、江鸿渚燕，旧巢都徙。苦念荒山馀一老，寂寞谁陪杖履。只此意、教人难已。白首看天无可语，展图书、自证盈虚理。消百虑，炉香里。　　行装乍卸来相慰。望楼灯、微红先喜。薄市鱼蔬充晚膳，还往浑忘远迩。恨去棹、匆匆须檥。我去羲留勤谘问，报平安、仗汝音书寄。期转瞬，归联袂。

风入松

秋夜理琴

篝灯明灭断人肠。睡少觉宵长。啼蛩唳雁缘何事，向西风、各谱宫商。侬也起操弦索，孤心迸入炉香。　　更深月落气初凉。照幕是霜光。般般客里浑无赖，甚琴声、都异家乡。明日试看林叶，故应近岸先黄。

忆故人

夜闻佛化女社钟声，忆惟馨师。

隔院钟声，度女墙，正梦里、逢禅友。依稀残月小禅房，人是从前否。　　莫问红尘夭寿。算灵山、无边长久。别时言语，空际心魂，千生相守。

（以上选自《延晖楼词》，《寿香社词钞》民国三十一年刻本）

苏步青（5首）

苏步青（1902—2003），原名尚龙，字云亭，浙江平阳人。毕业于日本东北帝国大学，历任浙江大学教授、复旦大学教授及校长、全国政协副主席等职，为中国微分几何学派创始人。著有《西居集》《原上草集》《苏步青业余词钞》等。

满庭芳

曹孔六咏落花原韵

杏白飘香，桃贪结子，错教人恨东风。铜驼金谷，几日绿蒙茏。万点轻飞缓舞，空回首、雨迹烟丛。归何处，凡尘流水，天际路难通。　　琐窗消昼永，燕泥新润，莺语方浓。卷珠帘，怕见片片残红。一曲还歌玉树，谩呜咽、梦里相逢。春犹在，明年更好，共约醉芳丛。

（选自《国立浙江大学校刊》1947 年复刊第 152 期）

虞美人

夜泊城陵矶作

洞庭夜听西风起。雁落矶头水。此身合胜武陵人。隔断桃源还认旧时津。　　去年奉使东横海。喜见河山改。鬓丝添得几茎秋。依旧长江万里一扁舟。

（选自《国立浙江大学校刊》1947 年复刊第 154 期）

玉楼春（二首）

家临车马康庄道。无树无花也无草。小楼何处见春回，点点吴山青染早。　　月窗云影浮难扫。晓枕莺声流不到。休教锦瑟诉离忧，万里烽烟人易老。

山围竹隐烧香路。古刹钟声朝复暮。云栖应只许云栖，笑我暂来还别去。　　美人时共清泉语。顾影相怜无尔汝。春风油壁几时归，湖上双双和燕住。

踏莎行

山色空濛，水光潋滟。淡妆浓抹春风遍。结庐社自近西湖，几回亲得西湖面。　　漏湿黔天，魂飞蜀栈。子规声里车轮转。当时只是望归来，不道归来肠又断。

（以上选自《国立浙江大学日刊》1949 年复刊新 127 期）

玉并（7首）

玉并（1902—1930），字珊珊，北京人。世本右族，四岁失怙恃，育于姑家，蒙古族著名政治人物三多（字六桥）第三妾，解吟咏，诗词画兼擅。生前手书《金刚经》二册，画一册，《香珊瑚馆绀珠稿》两册，《香珊瑚馆诗词》一册。唯诗词稿在其亡故后由其夫刊印流传于世。

菩萨蛮

寄夫子

小楼昨夜东风紧。杏花稀了莺声近。凭遍曲阑干。愁肠曲过阑。　那回归信说。准在红明节。今已到黄明。谁留醉不行。

如梦令

鹦　鹉

放出金笼鹦鹉。翦舌会人言语。我欲忏情禅，轻拂红丝谈麈。惊去。惊去。飞过碧桃花树。

梅弄影

自题小影

红传明镜。晃煜光相映。好似百身分颖。转笑珍哥，自家描倩影。元武宗后遗砚、背镌“珍哥自写小影”。　异时重省。故态谁能证。恐比黄花瘦更。不是词人，词人同样命。

春晓曲

春　闷

东风吹得红成阵。却比春愁容易尽。枕中鸳梦暂寻欢，檐上鹊声难作准。　春宵偏短身偏困。春日越长心越闷。此生修不到梅花，还算并头兰有分。

单调采桑子

题牡丹

燕支多买将花写，倘与花同。抑比花秾。试问花姑红不红。

武陵春

月夜游北海

刚罢伤春还疰夏，好事半消磨。女伴催人泛液波。织水艇如梭。　　笑掬星辰为澡豆，搓了手重搓。身愿趺莲花许多。且合十、可能么。

晴偏好

题　画

红颜偏与花同命。红愁又与花同病。谁能定。这为花影春人影。

（以上选自《香珊瑚馆诗词》民国十九年排印本）

詹安泰（24首）

詹安泰（1902—1967），字祝南，号无庵，广东饶平人。就读广东高等师范学校，1926年毕业于国立广东大学。任教于广东省立第二师范学校十二年，并兼职中学教师。期间诗词创作甚丰，和夏承焘、陈蒙庵等人唱和，在《词学季刊》上发表文章与作品。1938年起，任中山大学中文系教授，直至去世。一生以教学为业，勤于著述。主要词学著作有《花外集笺注》《碧山词笺注》《姜词笺解》《词学研究十二论》等。有《无庵词》，其词取法姜白石、吴梦窗、周草窗，饶宗颐评其小令云："拗折瘦劲中，极温馨丽密之致。"

扬州慢

癸酉十月，霜风凄紧，堕指裂肤，念枯萍久羁狱中，悲痛欲绝，用白石自度腔，写寄冰若、逸农。

髡柳欹台，毒腥挝鼻，倚天剑气凝霜。望边城一角，影旧日斜阳。自湖上、清欢老去，枯萍旧曾共事两年，重来又三易寒暑矣。病怀欺酒，羸马逢场。甚多情、依恋年年，消受悽惶。　　俊才漫许，有飞花、飞絮颠狂。况海国嘘龙，孤亭唳鹤，大野荒荒。说与故山猿鸟，刚风紧、片月微茫。剩沧桑危涕，愁听空外吟商。

（选自《词学季刊》第2卷第3期）

减　兰

过桥风急。吹水无波吹鼻湿。真个寒山。不展春痕抵死寒。俗误“韩山”为“寒山”。　　相怜前夜。磨鬓八分呵冻写。一去何归。一日凭阑一百回。

少年游

摇红簇翠见天骄。呼月上东桥。桥外青山，山前小阁，相对坐深宵。　　重来草色浮孤影，绿鬓不禁凋。莫问行藏，马牛身世，方寸响春潮。

鹧鸪天

似听花魂咒晚风。沉阴江表乱啼红。离忧人倚千林玉，警梦僧敲隔岸钟。　　云施施去，月溶溶。新词谁寄水堂东。三年前事深深叩，净果人天一例空。

雨中花

败壁午禽啼美睡。树影合、凉阴满地。石腹泉飞，云根笛响，别有羲皇意。　　梦不散、相思江上醉。又商略、黄昏滋味。种秫天荒，莳花人老，冉冉愁云起。

卜算子

八月初七夜坐雨达旦，效方舟

夜雨短长声，迸入心弦响。许是伊家搅得来，还作短长想。
绿鬓插斜红，脉脉胸前涨。直待天明问个天，依是天模样。

菩萨蛮（二首）

绣罗裙外东风紧。倚阑约略腰支称。欲语转寻思。不知谁负伊。　　低头拢玉柱。掩抑飞红雨。一写碧天空。春情耐自容。

秋云春梦堂堂去。如花人在花间住。去住两思量。夜寒情味长。　　月明双笑脸。隔水红箫远。别有断人肠。银笺字字香。

山花子

一味幽凉山鬼知。恼人清笑况长啼。庭院秋风大月上，耐寻思。　　出手舞容妨小觉，卷帘心愿费多痴。猛忆行云行雨梦，未移时。

望湘人

冰若远贻《宋词十九首》《饮虹曲五种》，赋此报谢并简季野。

怕商音短气，尊酒动愁，海天沉梦千里。野勒苍烟，棹迷远水。念旧有时私倚。蠹墨重镌，爨桐新引，芳蘅遥寄。尽高才、截竹吹云，谱入伤秋心泪。　　应自风流未坠。奈龙华缥缈，不成回睇。写骚郁无端，恨满断香零翠。狂飙那管，玉楼昏醉。早觉花深无地。莫问讯、十载南荒，但看人间何世。

大　酺

为吴君琳题彊村先生遗墨，时甲戌十二月，先生下世三年矣。

想一生心，千秋业，终古晴空初旭。虫禽惊绝响，剩辽天孤鹤，响振林木。半死枯桐，不堪徙倚，霜重风骄人独。吟怀看销尽，怪频惊春梦，误传邻曲。更怀远伤高，怨红啼翠，泪花纷触。　　栖迟穷海角。断肠事、空抱凄香宿。肯记省、兰情水盼，玉宇琼楼，锦书催、醉眠还熟。且向痴儿说，凭了却、百年歌哭。念头白、深镫屋。宫调珍付，多恐哀丝危促。古芬忍临夜读。

鹧鸪天

旧梦和烟阁浅塘。山城二月始闻香。舟依曲岸初牵缆，风送流花不过墙。　　春未老，景成伤。暗持心愿语玄苍。昏沉排日难消遣，何似年时坐夕阳。

祝英台近

潮安清明

纸烧山，人种柳。花湿市楼酒。细雨纷纷，还是去年候。平桥流水何穷，绣鞯行处，谷风起、暗香轻逗。　　漫回首。谁念客鬓星星，长日敛眉秀。哭祭无门，凄绝春阴厚。年年红泪成缸，草根肥了，试问讯、下泉知否。

虞美人（二首）

暑中雨晴不定，闷人欲死，不得不言

深烟小雨湘帘静。闲病猜无应。笑桃将梦不曾醒。商略共谁系取旧金铃。　　鬓华懒向人前说。镜里花难折。飞云片片过横塘。点逗秋情无语问斜阳。

轻罗团扇倩谁惜。泪滴江头碧。扶花人去绿阴浓。长日恹恹做雨转无风。　　芭蕉叶卷莲心苦。别院苔钱古。不成惆怅倚雕阑。盼到晚蝉消息觉微寒。

翠楼吟

乙亥新秋，登清凉山扫叶楼

石嶝嘘凉，楼风扫叶，当年隐仙何许。楼为龚半千隐处。官杨摇乱绿，有迎客翩翾灵羽。莫平愁延伫。问万劫京华，香车谁驻。荒庵古。梦深恩怨，故宫零谱。　　寄语。拖帚残僧，漫暗伤亡国，旧城东路。夕阳无限好，伴无恙年年玄武。羞花蘸雨。算换得人

怜，还招天妒。归程误。望昏双眼，白云来去。

水龙吟

得瞿禅病讯，倚此慰问，兼抒近怀，用瞿禅秦望山席上韵。

午禽啼梦危楼，不成西笑还轻凭。素心人远，山门深闭，鬼车惊听。八表同昏，一丘未老，稽怀谁咏。怪枯香死嗅，桑田坐阅，长痴望，东风醒。　　瘴海阴晴无定。荡吴魂、网梢松顶。绣春待款，登临费泪，镜华流暝。局外承平，人间游戏，偶然乘兴。漫连环索解，蘋渔残谱，付红涛打。薛据《登秦望山》诗："南登秦望山，极目大海空。朝阳半荡漾，晃若天水红。"

念奴娇

简黄叶

过江人暮，怅韶华、岸草征袍摇碧。鸾鹤风高余几辈，爽朗平生第一。梵土情悬，郁金梦冷，肝胆明冰日。飘然来去，吟鞭何处栖息。　　肠断。词赋中年，关河极目，依旧鹃痕黦。慧剑长埋根性净，忍听玉龙哀笛。簇草城湾，环林湖畔，踏碎楼心白。半奁诗就，山猿水鸟能识。

水龙吟

感旧，用稼轩"登建康赏心亭"韵

落花流水何穷，碧空描缋愁无际。双旌绣簇，平湖光漾，翠罗云髻。隔岸笙箫，近桥帘幕，断魂游子。尽芳华未减，斜阳立尽，知谁会、凄凉意。　　前度凭阑人换，倦风情、赋归欤未。镜鸾慵照，那堪重骋，杜郎才气。万派雌黄，十方悲笑，一齐来此。待都空色相，朱楼翠户，奈盈盈泪。

声声慢

江亭重到，景物都非，感赋此阕。

高林脱叶，坏壁留题，平波千里迢遥。一负孤亭经年，风色慵敲。吹花旧曾驰马，换荒凉、艳冶难描。凝望久、有霜禽惊坠，啼向青霄。　　知是谁家哀怨，又黄昏、箫笛凄紧帘腰。拥鼻微哦，和愁写上蛮蕉。休长惜春无梦，梦春归、到底无憀。寒信急，好心情、分付去潮。

忆王孙

帘波隔水动妆光。树老天低鸡子黄。啼梦骄花自短长。要思量。古月溶溶弄素珰。

惜双双令

过雨条风梳万缕。花外听、一棚禽语。春色山山住。安心无地空凝伫。　　上方古寺闲钟鼓。楼阁隐、斜阳红暮。休便钟情去。野人歌笑天为侣。

清平乐（二首）

苍山不语，人在山棱住。细味十香香篆古，零落几帘花雨。　　幽弦凄断青琴，年年病客孤衾。卖赋扶头无分，黄鹂死守红心。

愁云不解，人在行云外。一夕三星长百拜，障扇还羞风采。　　春无消息谁描，青环珠佩轻抛。未是无花怜见，见花转觉难饶。

（以上选自《无庵词》民国二十六年排印本）

叶可羲（19首）

叶可羲（1903—1985），字超农，号竹韵轩主人，福建福州人。船政名人叶伯鋆侄女，何振岱女弟子，“福州八才女”之一。室名竹韵轩，有《竹韵轩诗集》《竹韵轩词集》《竹韵轩文集》《竹韵轩笔记》《何振岱先生传》等问世。1949年后曾受聘为福建文史馆馆员。终身未嫁。

金缕曲

台江舟次

目极天边树。乍回头、江回岸转，我家何处。岛屿星罗频指点，一片迷濛薄雾。空伫立、心同乱絮。流水无情留未得，只蒲帆、容易随风去。离合事，与谁诉。　　怎知有志翻成误。算平生、南船北马，未忘归路。学画学书终何用，堪笑微名见妒。应自叹、劳人如故。客馆从今伤孤寄，好宵来、独写思乡句。归去雁，待分付。

琐窗寒

待　月

静倚山屏，珠帘半卷，翠烟斜抹。微风解意，故把短檠吹灭。欲黄昏、停琴抚觞，待看树隙玲珑月。任浩歌慢舞，无人相问，雁飞天阔。　　声绝。吟蛩歇。奈几点疏星，絮云漫叠。灵娥恁怯，为底幽辉难发。近三更、凉露送寒，薄罗不耐扃绣闼。却些时、树影瞒人，重向窗纱叠。

水龙吟

集美重来，秋光将半，风景不殊，故人尽去。书寄予豪君璞。

朱虡碧瓦雕阑，暮霞残照红相半。秋光似画，寒烟袅渚，芦花绕岸。时节依然，故人何处，梦沉天远。料春檐过雨，重门深掩，愁误了、归来燕。　　拾贝海滨初晚。倚沙滩、潮生潮返。桃源近也，世间秦晋，凭谁去管。可奈惊风，旧游踪迹，一朝吹散。算瓶枝解意，娟娟静对，作青灯伴。

祝英台近

中秋宴罢，凉蟾天半，感念旧游，赋此寄呈梅叟师燕京。

雁声沉，蛩语咽，转眼已秋节。红褪荷衣，还见桂花发。空怜此夕天晴，借眠拼醉，又谁想、趣非情别。　　问京阙。犹记似水楼台，前年旧风物。梦密书疏，灯花带愁结。忍将凝泪蟾珠，网情蛛线，并作了、一帘幽绝。

卜算子

蕙愔阁夜话

商略旧琴书，坐侧楼西月。风竹飕飕自送凉，我少胸中热。更转柝声喧，露重阶苔滑。人倦犹多未尽言，付与鸣蛩说。

水龙吟

浣秋行之明日，小窗微雨，慨然有怀。

今宵犹是前宵，小窗但觉情怀异。泪堆故蜡，灰温宿火，床闲绣被。此际寒江，压篷风雨，客衣添未。数舟程尽后，蚕丛百转，正足茧、荒山里。　　万事沧田休慨。算频年、里居无赖。风城约爽，鹭江梦断，旧欢暗堕。黑水明驼，当时空羡，从征彤史。盼归来、共度鲟鱼岁月，作千秋计。

蝶恋花

霁月寻人，湘帘慵卷，孤愁抚影。引斝微斟，悠然自谓忘情，宁知俟我吟边者，遂已惘惘也。营睡未成，赋此自解。

尽为阑干伤寂寞。好月晴秋，却只垂帘幕。似我孤心无处着。离群雁影云边落。　　绿酒更深还自酌。早带闲愁，偏到微醺觉。梦与罗衾如有约。初霜恨煞城头角。

苏幕遮

秋　夜

怯轻寒，孤好景。试理秋心，早似炉烟冷。思到无憀宵更永。小梦还家，啼雁偏惊醒。　　画檐高，明月静。一桁湘帘，谁写花枝影。漫与幽人添画境。浓淡纵横，只似愁难整。

鹊桥仙

听　雨

芭蕉池馆，杏花楼阁，云压帘栊渐黑。愁边兀坐易黄昏，数不尽、檐声闲滴。　　画梁燕语，绮窗人怨，一样关心谁识。荼蘼开到可怜春，况洗尽、胭脂颜色。

浪淘沙

客夜思亲

底处觅清闲。随遇偷安。月光如水浸阑干。入夜峭风吹海近，露见青山。　　谁念客衣单。目极乡关。慈亲天上我人间。未读蓼莪先有泪，生着何欢。

苏幕遮

鼓山纪游

渡闽江，登石鼓。松柏参霄，一径通幽处。才卸肩舆无几步。法苑觚棱，已自云边露。　　野猿惊，岩鹤怒。尘海年年，旧约何轻负。指点山湾来又去。钟外泉声，摇荡晴天雨。

昼夜乐

海滨秋夕

梧桐早报秋消息。细追寻、又无迹。片霞褪尽残红，上下水天一色。只有南飞双雁白。带薄霭、远村低羃。隐约见渔灯，闪滩边芦荻。　　禅心净到红尘隔。此时情、有谁识。依稀盥手银潢，却喜星辰堪摘。吟断凉蛩风渐紧，乍吹来，数声遥笛。立久不知眠，问今宵何夕。

荆州亭

春晚雨中

千缕簸烟细柳。摇影欲迷户牖。只是一重帘，遮断吴峦楚岫。　　雨里画栏尽瘦。怎奈残寒罗袖。池水为谁愁，也似离人眉皱。

减字木兰花

螺江舟次，偕德愔、蕙愔道之。

夹溪垂绿。转尽岸湾知几曲。才过桥西。小碍船行橘树低。　　羹鱼炊蟹。野店香醪随意买。篷背诗新。载得秋山瘦似人。

忆旧游

小西湖晚眺，忆杭州旧游。

望寥空鸦色，断岸虹腰，倒影荒漪。可有孤山意，绕梅花几树，步屧行迟。待寻碧云旧径，竹外冷苍苔。甚一样湖光，雷峰塔古，偏占斜晖。　　沉思十年事，奈已失清踪，入梦犹疑。未了重游约，问苏堤烟柳，为孰依依。此际闲鸥眠稳，怎与说心期。且片晌临流，遥天暝压渔唱低。

洞仙歌

故殿遍张藏画，予北居时曾随梅叟师游览。景光更变，感赋寄京中艺术学院诸同学。

参天古柏，与丹青同寿。千尺浓阴敞晴昼。记从游、读遍北苑南宫，无数画，都是寻常稀见。　　重来虽负约，梦未辞遥，那独花时始回首。世事更沧桑、鲵鲋侵凌，迷漫处、灵扃谁守。待说与、幽燕断肠人，写故国、斜阳几番红瘦。

八声甘州

戊寅别文音甥女

听骊歌声里成笳哀。碧天忽阴霾。恁三年踪迹，浑如形影，此际分开。汝共阿孃去也，我独与谁偕。划地秋风起，黯绝萧斋。　　莫恃娇憨已惯，算寻常窗友，能几无猜。好珍寒护暖，自少为关怀。尽崎岖、如今世路，要看他、坦处起楼台。凭文史、继扶风业，敢望将来。

踏莎行

悯　旱

犊背残阳，鸦边薄暮。红霞火色烘平楚。愁闻隔水桔槔声，声声如诉农家苦。　　旱魃方张，商羊罢舞。斑鸠枉是啼晴树。愿凭佛力起焦枯，莲台弹指千村雨。

绛都春

怀蕙愔申江，因感旧游赋寄

潮声咽浦。算都换旧家，当年栖处。纵有兰成，此日江南怎生赋。吟躯已为多情苦。况独客、重逢秋暮。蓼疏枫老，云颓雨瘦，景光非故。　　闲数。襟痕旧晕，笑啼尽、省识几年欢聚。目断碧天，氛气穷边都凄楚。书来已恨愁难诉。更远近、迷云雁路。剩听乱叶鸣廊，暗蛩絮语。

（以上选自《竹韵轩词》，《寿香社词钞》民国三十一年刻本）

陈家庆（25首）

陈家庆（1903—1970），字秀元，号碧湘，湖南宁乡人。陈瑞麟女，徐英妻，为南社社员，著名女词人，著有《碧湘阁集》《汉魏六朝诗研究》《黄山揽胜集》（与徐英合著）等数种。

永遇乐

望　乡

天抹斜阳，雁横秋水，暝色如许。万里苍烟，十年乔木，故国渺何处。蓬莱清浅，鱼龙都尽，苦被何人相误。旧山川、城郭犹在，化鹤几时归去。　　流光暗度，芳华未泯，病里又逢秋暮。红叶萧萧，青山隐隐，认得潇湘路。天涯羁客，登临南望，几度含愁无语。叹禾黍、凄凉遍野，有谁作赋。

徵　招

寄怀旧京诸姊

清游回首长安远，吟怀都换愁抱。西北忆高楼，更何人凭眺。垂杨应自恼。对古陌、斜阳芳草。十载江关，千秋词赋，误人年少。　　烟水又南朝，苍茫外、醉拍阑干一笑。呼起几征鸿，寄裁红旧稿。蕉窗听雨好。知甚日、巴山重到。隔千里、明月娟娟，奈寸心如捣。

高阳台

疏柳笼烟，幽花掩月，旧游记惯台城。湖上秋来，波心冷到鸥盟。韶光容易抛人去，甚南朝、燕燕莺莺。黯销凝。脂水秦淮，流断清泠。　　蒋山依旧天横翠，只年时帝子，望断瑶京。北固楼高，于今又动边声。百年兴废寻常事，听寒潮、呜咽难平。莫沉吟，螺碧深杯。且洗愁襟。

台城路

珠帘不碍玲珑月，流入幽辉多少。柳外横琴，楼中吹笛，客里闲愁都扫。尊前一笑。记絮语茸窗，夕阳红了。此日心期，芳馨还似旧时好。　　乾坤何处最小。百年春一梦，醒又嫌早。京洛缁尘，南州冠冕，终古自怜孤抱。花前暗祷。愿年去年来，春华长葆。莫问江乡，莼鲈消息渺。

摸鱼儿

看无端、绿肥红瘦，天涯是处芳草。怜他来去都无迹，不信流光还早。春自宝。问旧日、湖山佳丽因谁好。鹃啼未了。任一枕惺忪，五更凄断，总被闲情搅。　　乾坤小。望里关河缥缈。神京遥指天表。青山一发愁萦骨，难遣哀时怀抱。休更道。谁记取、红桑往事知多少。尊前暗恼。便酒醒无言，苕华锦字，镌出断肠稿。

摸鱼子

哭刘子庚师

叹无端、东堂一老，匆匆骑鹤西去。名场冷落年时恨，赢得词场千古。天不语。看酒冷、愁醒魂魄归何处。回头记取。算吴苑莺花，秦关风月，好梦半尘土。师宰秦数年　　旧庠序。洒遍天涯泪雨。门墙桃李如许。蕨薇充饱他乡老，可似当年杜甫。情最苦。总目断、莼鲈故国闻笳鼓。伤心自谱。有濯绛吟香，噙椒嚼蕊，一卷画图补。

扬州慢

过闸北

海上繁华，江南佳丽，东风一夜愁生。看劫灰到处，尽化作芜城。忆当日、春光满眼，红酣翠软，歌舞承平。但而今、枯井颓垣，何限伤情。　　河山大好，又无端、弃掷堪惊。叹血饮匈奴，肉餐胡虏，一篑功成。百万雄兵何在，君休笑、留待蜗争。想神京千里，不闻画角悲鸣。

多　丽

黄鹤楼怀古

暮山青。汉阳烟树冥冥。对楚天、沧波无际，似闻鼓瑟湘灵。白云飞、昔人何在，黄鹤去、仙梦都醒。泪洒西风，情深故国，每因怀古感飘萍。自江上、梅花吹落，玉笛那堪听。空留得，鸦横落日，水满寒汀。　　对千古、兴亡历历，只余一角危亭。浪花深、英雄淘尽，关河老、风物凋零。帆影依阑，钟声送客，隔江渔火正星星。又独立、晚云无语，玉兔涌沧溟。关心处，画中楼阁，屐齿曾经。黄鹤楼既毁于火，旧时楼阁惟于画图中追认之。

水龙吟

慎予女士招饮翊教寺看海棠，并观南湖居士所藏书画泉布。

东风又到长安，禁城三月春如绣。香车宝马，风流裙屐，好花时候。如此江山，无边岁月，客怀消受。看海棠树树，冰肌胜雪，通明殿、不须奏。　　萧寺斜阳一角，任幽人、只鸡杯酒。飘然来去，几回吟眺，画中携手。法物收藏，百城坐拥，让他耆旧。更殷勤写入，生绡尺幅，作莲台寿。

水龙吟

长江舟次大雪

他乡岁晚遄归，客途千里风兼雪。沧江水碧，远峰头白，空冥奇绝。鸥鹭回翔，鱼龙曼衍，怒潮呜咽。向暮云天半，舵楼闲倚，登临意、和谁说。　　太息金瓯碎缺。好山川、几人豪杰。楚天何处，寒鸦零乱，思深愁结。玉树琼林，望中多少，幻云明灭。问红桑劫后，尘扬几度，到今时节。

水龙吟

题刘子庚师《噙椒室填词图》

月明笙鹤瑶天，素琴弹出幽兰谱。玉台魂断，银屏梦冷，哀蝉重赋。秋雨闻声，春波弄影，碧城何许。怎灞陵亭畔，西风残照，多半是、愁来处。　　莫说龙飞凤翥。好江山、可怜笳鼓。凭栏试望，莼鲈故国，杜鹃心苦。白社联吟，黄垆载酒，鬓丝无数。愿苍苍、留得巍然一老，作词坛主。

一萼红

游三海归，赋此

揽芳洲。正湖山歌舞，玉笛出琼楼。法曲绕梁，仙娥绝世，可似前代风流。阅多少、繁华兴废，只蓬瀛、清浅照人愁。金粉飘残，霸图零落，往事悠悠。　　荒径徘徊不语，看雕梁絮燕，细草眠鸥。碧月凝尘，红兰泣露，空叹时序沉浮。莫负他、水天良夜，倩何人、吟赏话清游。为惜芳华易谢，欲去还留。

台城路

颐和园

澄波十顷开妆镜，琼林又逢花事。王母宸游，东皇御宴，歌舞年年欢会。迷金醉纸。看仙殿嵯峨，佛香芬馝。千折明廊，最怜宫眷驾亲侍。慈禧每登佛香阁，必以某福晋侍舆。　　繁华应叹一梦，鼎湖龙去后，都换人世。阿监啼饥，遗民蹈海，几度供人歔涕。湖山耸翠。任蜡屐重寻，画船闲舣。莫放春归，杜鹃犹带泪。

好事近

忆伯兄汉元

又值暮春天，树树柳花飞雪。一片池塘芳草，与愁苗争发。　　望中何处是家山，莫向杜鹃说。昨夜一丸如水，是他乡明月。

探春慢

寄兄姊都门

风雪关山，流尘岁月，客里暗惊时候。玉笛心情，旗亭别恨，事事不成回首。诗酒正流连，记一霎、天涯挥手。莫教春近江南，却让寒梅消瘦。　　京洛缁尘非旧。看西山翠色，欲无还有。桃李年芳，风云才略，都付寻春诗酒。箫鼓动江城，看一片、长安如绣。相叩火树银花，元宵归否。

清平乐

半淞园冬景

朔风吹雨。槛外寒如许。人在梅花清绝处。悄共冷香无语。　　一年好景全凋。园林到处萧条。犹剩几竿修竹，风前故故飘摇。

石州慢

秋　感

秋尽江南，黄叶半林，人境幽寂。凉蟾照梦江乡，缥渺水云凝碧。红心草没，尚有一段新愁，夜阑负手闲庭立。来去问西风，换几番陈迹。　　空忆。万红千紫，回眼繁华，顿成今昔。去日偏多，怕听当年消息。旧情何在，望断碧海青天，嫦娥惯见人歌泣。倚枕数清愁，又谁家长笛。

高阳台

新历除日

竹叶沾唇，梅花点额，小窗帘幕深深。酒熟茶香，能消几许光阴。客中第一关情处，怕故山、猿鹤愁侵。怅而今。抱独幽怀，欲寄微吟。　　明朝道是新年好，只风欺冻雀，雪压寒林。那有春风，任他芳讯沉沉。兵尘满眼沙场泪，梦玉关、烽火惊心。恨难禁。半壁江南，何处登临。

齐天乐

春日，出西直门访钓鱼台

东风吹绿西郊柳，行行渐多芳绪。燕子人家，斜阳巷陌，都在好花深处。低徊不语。看杏懒桃娇，乱飞红雨。容易流光，鹃啼只恐怨春暮。　　望中一片黛色，翠微遥指点，似斗眉妩。曲径通幽，虚堂习静，蜡屐时忘归去。凝情访古。便回首前朝，亭台如故。坐暝松林，晚寒添几许。

菩萨蛮

台城昭月

荒城日落烟凝碧。六朝花柳浑无迹。留得一层墙。微闻空草香。　　素娥娇不语。好梦从头补。听到景阳钟。空堂一杵风。

忆旧游

西湖归来，寄昭煦二姊

记一杯换日，双桨凌波，细语花前。最是清游好，看乾坤醉醒，坐对山川。日日白苏堤下，不费买花钱。叹倦旅归来，高楼夜静，犹梦湖边。　　凄然。伤离后，只露冷秋江，月落霜天。往事休重省，怅美人何处，肠断华年。转眼西风都尽，犹剩雨和烟。听虫泣残檠，零缣一一手自编。

满江红

登珞珈山，泛东湖

游遍江南，算岁岁、飘零为客。喜今日、故园载酒，好花时节。十里烟鬟妍入画，一篙春水波翻雪。忆他乡、无此好湖山，楚天阔。　　青不断，圆无缺。闻笑语，开欢靥。看远峰鸦背，夕阳红抹。欲向桂丛赋招隐，还宜水底掬明月。待他时、蜡屐更重寻，开阊阖。

菩萨蛮

台城晚眺

斜阳一塔光明灭。天风梵语声呜咽。韵事说前朝。胭脂井底娇。　　霸图零落久。往事休回首。梁燕不归来。边城画角哀。

水龙吟

中秋寄怀昭姊

他乡又值清秋，广寒宫阙都依旧。罗衣乍试，晶帘初卷，晚飔征逗。只有嫦娥，桂宫高倚，与谁厮守。问美人何处，西风摇落，似此意、君知否。　　看取山河大地，又天涯、愁来时候。声高戍角，香分瑶席，听残更漏。雾湿云鬟，寒消玉臂，耐伊禁受。笑黄花无恙，笼烟浥露，也如人瘦。

高阳台

与旧京诸师友崇效寺看牡丹，寄澄宇海上

绣陌凝尘，香车碾玉，相携尽日看花。一段芳情，今年却讶迟些。今岁绿色牡丹花开较迟。嫩红晕碧娇如许，便尊前、消受繁华。更堪怜，璀灿明妆，来自天家。　　裁冰词笔知谁健，看座兼少长，韵斗尖叉。试拂吟笺，元舆赋笔休夸。三分春色流尘过，忆同游、人隔天涯。又无端，愁上眉头，欲报秦嘉。

（以上选自《碧湘阁集》民国二十二年排印本）

陈乃文（17首）

陈乃文（1904—1991），字蕙漪，号蕙风楼主，上海崇明人，出生于官宦世家。先后毕业于上海神州女学、持志大学，终身从事教育工作，曾任暨南大学讲师、上海治中女子中学校长等，晚年被聘为上海文史馆馆员。著有《鸣鸾集》《蕙风楼烬余幸草》等。

金缕曲

秋老江南陌。倚危楼、平原极目，天高风急。白露蒹葭红蓼岸，已觉秋思难抑。更那堪、数声长笛。寂寞海棠秋不管，任乱红、狼籍胭脂泣。情悄悄，西风立。　　寒砧万户催刀尺。忆当年、西湖放棹，联翩裙屐。佳句留题苏小墓，多少浓词艳什。尽付与、奚囊收拾。芳草细腰人去后，听断鸿、零雁长凄恻。回首处，愁如织。

鹧鸪天

次少游韵

窗外啼鹃窗内闻。残宵旧梦已无痕。天涯芳草音尘绝，细雨梨花总断魂。　　凭寄语，劝金尊。藤萝又是月黄昏。愁深醉浅浑无计，爇尽沉烟独掩门。

（以上选自《持志年刊》1928 年第 3 期）

采桑子（十三首）

一

莺啼绮陌西湖好，杨柳逶迤。花港长堤。打桨人归夕影随。
画舟闲系横塘曲，风动船移。水绉涟漪。一点沙鸥拍岸飞。

二

山桃开后西湖好，人比花妍。莺燕争喧。挟侣清游岂偶然。

银箫低度临流立，桂殿神仙。小谪人间。十二楼台歇管弦。

三

画舸一棹西湖好，轻拢朱弦。玉盏停传。爱看凫雏傍母眠。两三舴艋中流去，空翠澄鲜。抚景流连。始信人间别有天。

四

凭栏共赏西湖好，稚绿娇红。烟雨微濛。消受南屏向晚风。而今画阁还依旧，人去楼空。寂寞帘栊。落尽棠梨暮雨中。

五

流觞曲水西湖好，琼筵开时。佳丽相追。笑倚钿筝进玉卮。为花老去沙痕浅，山弄晴晖。波面烟微。又见穿墙燕子飞。

六

禁烟时节西湖好，山水清华。插柳人家。一笑相逢七宝车。朱门寂寂人归后，尽口无哗。帘幕低斜。倦倚东风数落花。

七

轻舟夜泛西湖好，菡萏开时。翠盖青旗。十里笙歌十里随。榜人报道三更后，酒尽金卮。欸乃声微。明月多情送我归。

八

波光岚影西湖好，一色澄鲜。醉傍花眠。画舫来时飏管弦。横波一寸盈盈处，莲叶田田。珮玉鸣鸾。自是人间第一仙。

九

晴光潋滟西湖好，鹤渚凫汀。一片波平。隔岸何人玉笛横。行行已到花深处，渐觉凉生。菱荇香清。扑面微飔解宿酲。

十

卜居小住西湖好，朝拥朱轮。暮送归云。不负韶光二十春。
武陵渔父扁舟去，鸡犬人民。云物俱新。行近桃源忆故人。

十一

谁翻折柳阳关曲，絮迹萍踪。来去匆匆。今夜怀人处处同。
劝君进酒为君寿，强作欢容。把盏临风。醉里题诗忆谢公。

十二

十年阔别魂飞苦，蓦地相逢。莫话离衷。樽酒花间一笑同。
别来玄鬓仍依旧，入座从容。铁笛迎风。今夕何须唱恼侬。

十三

彩云吹散香尘杳，冷冷清清。泪雨偷零。绕砌寒蛩入梦惊。
心情已逐游丝尽，辞却金觥。乐府愁听。不是当年凤管声。

（以上选自《持志年刊》1929 年第 4 期）

浪淘沙

离母校四年矣。昔时旧侣，大半分飞。回溯畴曩，不胜怅惘。王婴佩芬，清才绮思，冠绝一时。本届年刊，君为编辑，粹玉零珠，蔚成巨册，价值连城，不迨言也。乃辱银笺遥颁，嘱凑短词。大家雅命，何敢言辞。只以人事栗六，所怀万端；砚匣笔床，尘封已久。窃恐下里巴音，不值道韫之一粲耳。

旧梦总无凭。暗自心惊。春光已泄柳条青。记得钿车游冶处，此地曾经。　　夜雨隔帘听。无限离情。客中今夕送君行。正是中原多事日，珍重前程。

（选自《持志年刊》1933 年第 8 期）

踏莎行

周园归，赋此阕

浅水栖凫，疏花媚草。周园曲径童初扫。飞虹桥畔最藏春，海棠一树东风袅。　　画意方酣，吟心独悄。年来哀乐伤怀抱。倚栏无语立斜阳，此情惟有黄莺晓。

（选自《万象》1942 年第 4 期）

缪钺（12首）

缪钺（1904—1995），字彦威，江苏溧阳人，生于河北迁安，居家保宁。从张尔田学词。曾任保定私立培德中学、志存中学等中学教员及河南大学、广州学海书院教授。抗战期间，流转西南，于浙江大学任教。1946年任华西协合大学中文系、四川大学历史系教授。后又任川大历史所副所长等职。有《诗词散论》《冰茧庵诗词稿》《杜牧年谱》等。

踏莎行

庚午九月赋

双鲤初回，飞鸿又倩。当年旧约重寻省。天涯消息总沉沉，夜阑立尽梧桐影。　　月色才移，虫吟乍定。小园深闭重门静。西风故意惹人愁，乱吹败叶飘金井。

齐天乐

岁聿云暮，束装将归，夜永灯孤，悄然赋此，时在大梁。

青松欲作留人计，那堪岁华迟暮。照影灯寒，催更柝紧，愁绝天涯羁旅。台高意古。恨浊酒黄花，良辰空度。才尽江郎，苦吟犹是旧时句。　　梁园寒色几许，又一番天意，暗换烟树。飞弹鸣空，金戈照眼，犹记来时征路。闲愁莫数。想枯草双轮，日斜归去。回首高城，淡云遥目阻。

一萼红

自大梁北还，赋呈礼社诸子。

判离襟。正两河烽火，秋意又初深。老屋堆霜，衰林脱叶，迢递常起层阴。似王粲、荆南客滞，纵远目、萧索动归吟。残垒平沙，荒村白骨，争忍登临。　　千里霏霏雨雪，喜今番送我，归路骎骎。小市杯盘，西窗笑语，红烛照破愁心。寻去日、阴阴乔木，剩斜阳、一抹映疏林。别有伤情难说，重抚清琴。

眼儿媚

去岁余购盆桂一株，清矫绝俗。今秋南游大梁，归后闻人言，桂花茂发，风香郁然，怅余未及见也。

娇黄不忍负清时。曾发最繁枝。巢空雁去，花开人远，冷落仙姿。　　幽香若解离人意，应是向南吹。疏栏月淡，清宵露结，有泪偷垂。

八声甘州

一月二十四日，偕子植、杜衡游龙亭，归饮酒肆。

问匆匆何事又辞家，寒风正愁人。是年时乍换，柳丝未觉，不算新春。人道此亭最古，登望渺烟尘。红日无言下，容易黄昏。　　多少故王宫殿，倚阑干不见，空见浮云。叹繁华销尽，欲梦也无因。剩凄迷、笼烟远树，似多情、欲语又含颦。人间世、兴衰如此，且进清樽。

（以上选自《河南大学文学院季刊》1930年第2期）

鹧鸪天

壬申岁暮，日人西侵，幽燕告警。胡生厚宣、王生鑫章自北平南归，过保定，信宿而去，忧时念乱，临别凄然。

无语相看意更悲。初逢又是别离时。乱来难得常相见，别后沉吟各自知。　　车待发，泪先垂。北风一夜转凄其。君看冰雪无边白，明岁花开未有期。

鹧鸪天

壬申除夕前一夜，留鹤铨小饮。

一载垂垂向尽时。罇中有酒不须辞。知君久识江湖味，岁晚天涯未觉悲。　　高秉烛，缓倾卮。今宵不醉且无归。漏舟共载沧溟阔，来日风波岂可知。

（以上选自《国风》1934 年第 5 卷第 6、7 期合刊）

摸鱼儿

和榆生原韵

倚危栏、汉京西北，青山遮目如许。流潮夜打孤城冷，别有怨声难谱。空自觑。更不见垂杨，广州无柳。怎系残春住。断红流去。剩蝶翅沾香，蜂须惹粉，争向客前舞。　　金盘泪，空对烟江飞鹭。愁人惟是风雨。共工不惜天维折，纵有女娲难补。今已误。问重过金城，柳似当年否。雍琴莫抚。怕弹到兴亡，台倾池坏，掩泣更无语。

齐天乐

余在保定，每值芳春佳日，辄约诸友清游。今岁客居岭表，阴雨愁人，闻隔户乐声，感念旧踪，悲吟成调。

湿云低压天如梦，春光可怜偷换。雨织繁丝，花悽冷泪，愁损雕梁双燕。俊怀都倦。任小阁尘凝，夜篝香断。久客平阳，更堪闻笛动羁怨。　　故人天际念我，绿茵重把酒，云树心眼。拾叶题诗，因风托恨，多少幽情难遣。西园池馆。正棠透新红，柳垂千线。纵泛归桡，只愁花事晚。

（以上选自《词学季刊》第3卷第2期）

念奴娇

寄龙榆生海上，时余自保定违难开封，而沪战初起也。

羯胡无赖，又群飞海水，欲倾天柱。十六燕云区脱地，赢得伤心无数。杜甫麻鞋，管宁皂帽，萧瑟兰成赋。凉飙惊起，晚花开落谁主。　　闻道佳丽东南，玄黄龙血，一掷成孤注。地变天荒心未折，薪胆终身相付。玉貌围城，哀时词客，健笔蛟龙怒。江干烽火，几回相望云树。

齐天乐

乱离远客，又值重阳。阴雨经旬，倍增闷损，时在信阳。

昏昏阴气迷清昼，孤城雨声凄断。桐落惊寒，蛩啼怨别，多少羁怀零乱。青山照眼。奈流潦妨车，湿云封巘。古寺幽花，只应惟向梦中见。　　胡尘犹未净洗，故园今日菊，凉露增泫。玉液持鳌，霜风落帽，争觅当年游伴。凭栏念远。正骨肉他乡，山河殊甸。愁绝秋宵，暗空时过雁。

（以上选自《民族诗坛》1938 年第 1 卷第 5 期）

忆旧游

乙亥丙子之间，余居广州，颇极游赏之乐。既去粤西，怆然度此。

记榕阴觅句，荔浦嬉舟，梅岭探春。多少清游兴，惯晨呼俊侣，夜款芳尊。水楼竹绕花径，桄绿暗闲门。叹万里重来，风光感旧，烽火惊魂。　　殷勤。问秋燕，道古塔名台，都染胡尘。也拟登楼望，奈层山遮眼，浅雨留人。隔墙飞过红叶，寒艳做黄昏。听几处清笳，西风竟日吹塔铃。

（选自《民族诗坛》1939 年第 2 卷第 5 期）

浦江清（1首）

浦江清（1904—1957），字君练，江苏松江（今上海松江区）人。曾师从吴宓、梅光迪、陈去病等人，毕业后任清华研究院陈寅恪助教，嗣后历任清华大学、西南联合大学、北京大学等校教职。著有《浦江清文录》。

百字令

西园俊约，恰风风雨雨，重阳时节。一径萧疏衰柳外，苦恨芳菲都歇。湿翠依阑，嫩黄浇阁，此际花明灭。暗香凝处，伶俜来往寒蝶。　　难得钿碧芳车，为花久驻，问把秋怀说。占席分茶新韵事，谁话关山旧阙。远浦烟迷，平林叶老，客梦云千叠。隔帘愁听，潇潇声里秋别。

（选自《大公报（天津版）》1930 年 12 月 1 日）

吴其昌（9首）

吴其昌（1904—1944），字子馨，号正厂，浙江海宁人。早年师从唐文治先生，毕业于清华国学研究院。曾任职于中国博物馆协会、辅仁大学、清华大学、武汉大学等。著有《殷墟书契解诂》《金文氏族疏证》《抱香楼诗词》《待焚词》等。

浣溪沙

翠箔香罗冷四围。珠灯罨户绿低迷。深噘款笑忆年时。　　吹澈春风寒未觉，立残明月记应知。晓屏山色梦相随。

（选自《实学》1926 年第 3 期）

菩萨蛮（五首）

蓬山知否无重数。翠栊珠箔短长雨。镫影隔红楼。楼头多少愁。　　蛮笺零乱拣，狼藉胭支满。残梦子规啼。相随度岭西。

白云庵隐蘅芜屿。浮舸暂系青青树。仙水长灵根。流红逗梦痕。　　惊波翩影掠。柳色春衫薄。蛛线罥层阑。回身看远山。

曲尘软涨流离縠。双双鸂鶒弄晴浴。芳草绕天涯。浮萍何处家。　　香娲破笑语。第二桥边路。天际渺斜阳。回头须断肠。

篆炉心字沉檀细。寂无人处帘垂地。微霰下前池。隔篆月堕疑。　　浅红镫影弹。绣幕熏香坐。幕上金鹧鸪。双守意不殊。

落红飞雨春撩乱。可堪花外莺簧转。烟柳认低迷。渐听声转微。　　银筝如有意。绿湔吴纻水。仙曲征萧郎。满院沉夕阳。

（以上选自《实学》1927 年第 7 期）

蝶恋花

那不人生容易老。绿厚垂杨，便觉春如扫。自拨华灯浮苦笑。灯前怅触无名恼。　　闭眼分明开眼杳。平薄黄云，凄碧天涯道。入梦楼高横断照。晚霞红处拖芳草。

鹧鸪天

夜坐南海瀛台香扆殿，眺月遇雨。

紫翠琳宫飘渺间。黄昏明月碧成环。湛虚楼裹银灯里，十二阑干澈夜寒。　　云幂幂，雨潺潺。依稀端正转摧残。犯凉自怨辛勤待，重向人间一笑难。

南乡子

夜经某王废邸

落月照荒墙。墙上离离草半黄。墙角危楼堆暗影，苍茫。俯视行人独思量。　　谁见此凄凉。忽忆鸾笙杂凤簧。弹指五朝原是梦，兴亡。梦里惊啼只乱蛩。

（以上选自《国专校友会集刊》1931年第1期）

陈运彰（26首）

陈运彰（1905—1955），原名陈彰，字君漠，一字蒙庵、蒙父，号华西，原籍广东潮阳，生长于上海。工诗词书画，历任上海圣约翰大学、大夏大学教授，1949 年后居香港，1955 年卒。著有《纫芳簃词》《双白龛词话》。

八声甘州

题雷峰塔藏经

近幡风珠铎不成鸣，沧桑极堪哀。剩摩挲宝箧，循环贝叶，妙偈蜂台。不尽兴亡遗恨，惜起劫余灰。莫到南屏路，俯仰伤怀。　　几许湖山金粉，付酒中苏晋，绣佛长斋。旧花香散处，陈迹等蒿莱。问金涂、雀离安在，费晚钟、声里一低徊。珍珠字浣红薇露，洛诵千回。

（选自《野语》1925 年第 1 期）

水龙吟

得郢君书，有“卜居近水楼台，每闻箫声，辄被橹声惊破”之语。秋士多感，其殆淮南木落之思乎？

那堪良夜迢迢，听秋不尽悲秋意。江关庾信，登临宋玉，消愁无计。何处箫声，声声断续，撩人情味。又隔江柔橹，伊鸦自语，争一霎、愁人耳。　　一恁湘帘垂地。怕凝眸、树犹如此。扬州昨梦，碧阑十二，红桥廿四。如此秋声，等闲消得，眠鸥惊起。恰故人天末，清商按谱，付征鸿寄。

清平乐

春期未半。天气兼寒暖。雨意漫空愁不散。说似小楼听惯。
者番绮思难禁。恼人百啭幽禽。那得香消恨缕，却教花发吟心。

（以上选自《野语》1925 年第 2 期）

摸鱼儿

客有述影事者，为之招怅累日

伫云罗、一声河满，无端清泪盈袖。剧怜只赤天涯路，摆乱春风杨柳。离恨久。恁嘶断斑骢，谁劝阳关酒。鬓霜孱僽。怅紫玉凋烟，明珠悴月，往事忍轻负。　　芳期误，弦柱不堪重奏。余情禁得回首。凄迷梦影浑无据，只是妒花风骤。知也否。便香袅金猊，也莫成消瘦。微波易皱。任天上人间，昔游能再，情味总非旧。

虞美人

银床冰簟难成梦。月冷霜华重。夜深辛苦伫歌云。寸寸关河肠断总缘君。　　阑干倚遍愁如织。虫语墙阴泣。江湖唱彻定风波。雁字来时消息问如何。

清平乐

无　题（四首）

春寒还又。闷坐听残漏。最是相逢花发候。禁得而今回首。　　蓬山影事思量。重寻烟水微茫。梦里玉扃金阙，江南翠羽明珰。

画阑回处。红豆调鹦鹉。芍药不知春又暮。故故香风吹度。　　和闷笑数花枝。凝情倦写乌丝。那更疏烟细雨，楼前即是天涯。

镫昏香灺。几度闻兰麝。寒食梨花娇欲谢。今夜寒于昨夜。　　匆匆锦瑟华年。昔游如梦如烟。依约长颦眉样，屏山青到吟边。

玲珑小扇。半露春风面。侥幸刘桢曾几见。无那蕉心长卷。　　梦回瑶岛蓬瀛。南楼桂魄初生。说与鬘天影事，淡黄月下吹笙。

（以上选自《野语》1925 年第 3 期）

八声甘州

初　秋

又西风一叶下庭梧，江山近萧条。正桃笙初卷，荷衣欲换，青鬓频搔。望彻碧云天末，何处玉人箫。愁绝轻罗扇，如此凉宵。　　消得赋才欧九，听秋声已在，竹籁松涛。黯予怀渺渺，云鹤倩谁招。写相思、消磨风纸，剩流萤、点点伴无聊。明河迥、伫南飞鹊，分付填桥。

疏　影

蓼　花

秋深水国。看远汀浅渚，低映蘋白。倚立泠澥，拂裹渔舟，一声花外横笛。芙蓉看取秋江上，等玉露、金风消得。蘸绮霞、乱入船窗，得似酒边离色。　　不向春风起舞，弄妆伫淡月，随意疏密。有约芦花，糁雪匀脂，照破水天岑寂。谁知菡萏香消后，者芳意、冷鸳能识。罨图画、鱼尾浓拖，纸上诗情重觅。

百字令

题《三世耄耋图》

高门通德，溯流风堪绍，云山江水。四世三公何足数，难得双修福慧。腰笛声中，南飞绛鹤，惯识鸣珂里。禧延旗翼，介眉先后同揆。　　何止洛社香山，灵光望硕，驰誉丹青里。点检刘樊仙籍旧，如见瀛壶高致。门第清华，曾孙寿考，燕翼膺繇祉。屏开家庆，海云都作佳气。

（以上选自《野语》1925 年第 4 期）

水龙吟

游丝，用章质夫《杨花》体均

似烟如雾缠绵，袅风无力飞仍坠。何曾作茧，荡漾晴空，却多情思。还欲留人，更来横路，日阴云闭。近阑干罥得，落红几许，眉梢恨、凭牵起。　　枝上柳绵吹尽。恰残春、付他黏缀。谁家机杼，绣停针倦，回文锦碎。一缕柔情，半天丰韵，都随流水。似天涯游子，万千离绪，赚啼鹃泪。

探芳信

题六舟上人画梅立轴

暗中骤。正影疏枝横，禅心参透。又淡烟笼月，刚是清时候。香南雪北呈珍赏，乞与春风手。忆西湖、竹外幺禽，水边罗袖。
人继绿天后。挹宝素清芬，珍逾琼玖。慧业修成，能度有情否。剔镫图罢余情在，六舟有《剔镫图》。玉立南枝秀。恁高华，合付孤山鹤守。

（以上选自《野语》1925 年第 5 期）

三姝媚

心观南归，用弁阳翁《送圣与还越》韵志别

腊回春乍绽。又骊歌尊前，思随南雁。小别能禁，数去程风急，暮云沉黯。镜罨尘迷，谁更问、蘼芜芳苑。侧帽闲情，锦瑟无端，酒醒香减。　　谩说蓬莱清浅。望断浦扬舲，水空天远。宛转回肠，怕近乡还怯，几多烦惋。莫铸相思，伫万一、柳舒新眼。恨洗沧波东注，镫华媚晚。

（选自《制言》1939 年第 50 期）

最高楼

九日酬大厂

山共水，何处足清音。佳节又而今。消他萸菊供愁抱，依然醒醉付秋心。算闲情，能闭户，托长吟。　　知明日、梦香还有蝶。问此树、恋枝余几叶。无风雨、更萧森。隔年尚记人归后，孤城未觉暮寒深。远层云，迷望眼，正笼阴。

齐天乐

展重阳约大厂同和五峰词韵，寄衡修香港

黄花何苦重遭此，伤时更凭谁省。已倦登高，还怜别远，都是追游心影。残秋暮景。想南北今朝，一般期准。但觉羁愁，羡君犹得去乡近。　　无风无雨正好，只江山画里，憔悴金粉。雾敛枫丹，霜迎雁自，寒意芜城共迥。汐潮暗紧。又下九孤蟾，笑帘窥镜。断阕慵赓，不辞扶醉稳。

采桑子

和祝南

微霜禁夜延更静，云外山河。梦里笙歌。细熨秋痕一霎那。　　琴心花卜凭谁问，申掩香罗。黛敛横波。侧帽闻歌唤奈何。

临江仙

衡斋复有南中之行，与大厂分和小山词送之，得第二、第三两韵。

别久何妨情密，天遥应惜书稀。无多芳意托声诗。那堪今日事，肯忆去年时。　　放眼海云同阔，牵怀尘网谁知。故乡何日几能归。远行还是客，憔悴各依枝。

临江仙

一样天涯羁旅，几多今古遥情。重重水驿与山程。鱼龙愁渤海，风景对新亭。　　浅盏乍添离绪，飙轮又鼓涛声。怨歌别梦旧能名。寒烟真寂寐，更莫恋芜城。

摸鱼儿

荡秋魂、雨丝风片，相思遥夜凄苦。摇红烛影严更静，撩乱怨蚕私语。肠断处。恁恨浅愁深，总是无凭据。朱帘绣户。怅那日阑干，清时花月，梦里记前度。　　寻芳约，知道佳期又误。迢迢银汉无路。嘶骢惯识当门柳，只觅浓金春缕。空自许。听宛转、伤心旧曲翻新谱。年光易暮。问耐冷霜娥，青天碧海，消得此情否。

（以上选自《之江中国文学会集刊》1940 年第 5 期）

鹧鸪天

十一月十四夜书所见

巷陌车声欲到迟。风灯零乱影僛僛。寒轻愁重余酲殢，马滑霜浓冷月知。　　如此夜，几何时。高楼怨笛又频吹。生憎醉尉偏相问，伫看乘肩缓缓随。

鹧鸪天

十五夜闭门不出，今夜冬至

好月当头夜未其。佳期又报动葭吹。殷勤灭独怜光满，子细窥帘怯漏移。　　闲伫立，费寻思。所思不见更谁知。铜街寂寞清如水，九叠哀筝故故迟。

鹧鸪天

十六夜看月

清绝中庭烛影移。惊乌未定觅高枝。向来肯负团栾月，已过相逢十日期。　　留浅醉，下深帷。新愁还是旧情痴。邻家笑语人归晚，似说严霜乍解围。

鹧鸪天

十九夜夜望

清角吹寒说乍停。宜人灯火喜青荧。车厢政尔如新妇，酒面何妨作老兵。　　风历历，意冥冥。去年情味又重经。谁怜下九初三夜，依旧朱轮逐队行。

（以上选自《永安月刊》1948 年第 110 期）

瑞鹤仙

题陈从周拟唐人仕女

宿醒犹带困。倚花晚晴初，红霞微晕。寻思旧时恨。把朱唇轻掩，素纨徐引。芳心自忖。万千言、凭谁寄问。问因何、前约都虚，更莫后期无准。　　愁闷。慵匀双脸，小立单衣，暖凉厮趁。抟香弄粉。回翠袖，暗偷揾。镇萦牵，些儿闲事，赢待腰肢瘦损。待归来、检点襟痕，教伊细认。

（选自《永安月刊》1949 年第 116 期）

黄孝绰（4首）

黄孝绰（1905—1950），字公孟，号讷庵，福建闽侯（今福州）人。黄孝纾、孝平之弟。兄弟三人早年侨寓青岛，筑袖海楼读书，有“江夏三黄”之称。工骈文及诗词。著有《藕孔烟语词》两卷。

望海潮

暮饮秦淮河畔酒楼

荒桥鸦乱，残杨蝉曳，秋光早到秦淮。金粉化烟，河流涴尽，声声似诉沉哀。亭榭劫余灰。叹缥黄满眼，愁思难排。万幻人间，十年曾见几兴衰。　　当时此地衔杯。对笙歌画舸，灯火瑶台。京国梦阑，凄凉换取，斜阳渐老莓苔。凝恨有吴娃。向绮筵压酒，蛾岫慵闻。笛韵谁家，月明依旧过墙来。

（选自《同声月刊》第2卷第7期）

安公子

同寥士访梅毗卢寺

古寺斜阳暮。竹扉不掩连平楚。石火光中龙汉劫，阅几番风雨。漫问讯，芳园东畔梅千树。吟望迷、萼绿归何许。剩荒畦烟冷，繁恨啼鸦能诉。　　谁会真如趣。拈花微笑浑无语。槲叶遮情如败衲，叩禅房谁主。枉费泪，菀枯泡影休回顾。共趺坐、静对炉香炷。唤万方深省，林外钟声几杵。

（选自《同声月刊》第2卷第11期）

竹马子

煦园池畔白梅盛开

算零粉南朝，幽花独占，缟衣香沁。似晴池浴罢，婷婷小步，凌波妆靓。漏泄几点春光，冰肌玉骨，岁寒犹凝。旧梦醒繁华，傍南枝，栩栩蝶魂难定。　　瘦影横斜里，重歌玉树，酒阑愁听。雕栏薄暮慵凭。清浅蓬莱休问。万劫欲话铜仙，翠台人远，铅泪风前迸。冬青共对，月色迷幽径。

浣溪沙

春日同李释戡、高子矱坐不系舟。

桥畔波纹镜面平。柳丝倒影入池青。东风吹解去年冰。　　不系浮生浑是寄，沉忧浊世未宜醒。昏鸦犹恋夕佳亭。

（以上选自《同声月刊》第3卷第2期）

卢前（12首）

卢前（1905—1951），原名正绅，字冀野，号饮虹、小疏，江苏南京人。1922年入国立东南大学，为词曲大师吴梅的高足。毕业后曾受聘于金陵大学、河南大学、暨南大学、光华大学、四川大学、中央大学等高校，讲授文学、戏剧。著有《明清戏曲史》《中国戏曲概论》《读曲小识》《饮虹曲话》等，词集有《红冰词》一卷、《中兴鼓吹》三卷。夏敬观《忍古楼词话》称："冀野既以曲名，其所作词遂不自珍惜，予顾谓其词亦不凡近。"其抗战期间作品多慷慨悲歌，鼓舞人心，有稼轩、放翁之风。

凤凰台上忆吹箫

过西城凤游寺怀李供奉

晋代衣冠，吴宫花草，算来多少春秋。认三山天外，二水分流。白鹭洲边吊古，人已远、凤也难留。重临处、雁归桃渡，星点瓜洲。　　凝眸。断霞错绮，天际望江陵，千里悠悠。念举杯明月，散发扁舟。且浪说、骑鲸往事，乘风去、好自遨游。猿啼岸、轻帆过尽，负手江头。

（选自《词学季刊》第2卷第1期）

水调歌头

紫老归来，自伤迟暮。念其少日声华，浮沉宦海，都如梦寐。余感其言，谱成此解。本东山《台城游》体，并依四声。

乔木绕荒井，夕照下长亭。前游重省，碧纱笼句独关情。犹记东方千乘，撇却陶家三径，孤负故园一作岁寒。盟。争解罗襕冷，不似老书生。　　更何年，闲瀹茗，剔银灯。当时优孟，如今应自换猩屏。吟过云林新咏，还唱归田小令，垂老莫聪明。才有莼鲈兴，双鬓已星星。

沁园春

晨偕东野携侃儿游玄武湖

几日商量，且自抛书，向湖上来。趁拂凉初晓，朝阳未起，飙轮疾走，如挟风雷。弟谓晴湖，晨游最好，百亩莲花一夜开。出城后，果碧荷满眼，锦绣千堆。　　当年我寓南斋。日日来游不计回。对钦天废阁，鸡鸣古寺，沉思往事，但觉伤怀。招手扁舟，一时容与，小饮何妨借酒杯。儿无忘，倘东头日出，切莫徘徊。

（以上选自《词学季刊》第3卷第2期）

满江红

告大刀

刀汝宁忘，古北口、旧时威力。人尽说、青龙十八，能摧强敌。奋勇不知身近远，一挥已见膻腥碧。誓相期、还我好山河，驱锋镝。　　才转眼，成陈迹。从此后，无消息。竟坐令英名，废于一日。谁使回头还自杀，然萁煮豆锅中泣。汝原知、枝叶本根同，煎何急。

少年游

与衡叔夜话

记牵麋鹿上苏台，游苑委蒿莱。辽阳东归，蓟云北望，金锁竟沉埋。　　谁知不世凄凉事，又到眼前来。燕处燔堂，鱼游沸鼎，只此已堪哀。

临江仙

读《剑南诗稿》

一发青山愁万种，干戈尚满南东。几时才见九州同。纵教空世事，世事岂成空。　　胡马窥江陈组练，有人虎帐从容。王师江上镇相逢。九原翁应恨，世上少豪雄。

浣溪沙

三月三日

叩马书生语若何。东窗细雨晚来多。我师昨夜渡浏河。　　四尽到头知不取，六如破胆已成和。南天关险好经过。

鹧鸪天

江小鹣招游灵谷寺，遂至孝陵

陵谷千年几暮鸦。人王佛子两无家。旧时绿鬓惊华发，今日红梅傍菜花。　　初月上，晚烟斜。眼中老树尚槎枒。丈夫敢忘功名事，肯向东陵学种瓜。

沁园春

论词示梦野

弟学词乎，今日而言，岂同曩时。算花间绮语，徒然丧志，后来李贺，搔首弄姿。叹老嗟贫，流连光景，孤负如椽笔一枝。自南渡，始天生辛陆，大放厥辞。　　于戏逝者如斯。念转益、多师吾所师。便白石扬州，遗山并水，豪情逸兴，并作雄奇。天下兴亡，匹夫责在，我辈文章信有之。如何可，为他人抒写，儿女相思。

鹧鸪天

出　门

十字街头立足难。出门未觉世途宽。去留不尽踌躇苦，左右都成罪恶观。　　荆棘里，岂能安。明知艰险一盘桓。男儿要有刚强气，肯便随人掉首还。

满江红

蟹

蟹汝来前，怜汝竟、登盘侑酒。听郭索、几声河畔，北游南走。只料横行空一世，无肠终落他人手。聚灯前、坐客享烹鲜，笑开口。　　肢已裂，颜何丑。螯已断，声何有。把火生釜底，汝才消受。蠢蠢无知甘自侮，多行不义谁之咎。汝知否、殷鉴在今朝，酬重九。

浪淘沙

海上除夜口号

此夕喜重逢。爆竹声中。街灯处处映霓虹。二十五年抛撇了，过眼匆匆。　　来岁不相同。发愤为雄。回头还欲语东风。从此蜉蝣休撼树，树已凌空。

（以上选自《中兴鼓吹》民国二十七年独立出版社排印本）

马念祖（2首）

马念祖（1905—1963后），北京人。师事柯劭忞，从事声韵训诂研究。有《篛音词钞》一卷，刊于民国二十五年（1936）。

唐多令

秋雨夜灯明。西窗杯酒倾。与妻儿、叙些闲情。消尽年华无限泪，镜里两鬓丝生。　　潦倒问君平。布衣小公卿。赋诗成、还自调筝。一曲幽音都不解，凄楚过雁云轻。

归自谣

书　斋

书万卷。终日里埋头坟典。秦砖汉瓦间消遣。　　嶙峋傲骨心情浅。阳冰篆。写来换米饥寒免。

（以上选自《笳音词钞》民国二十五年排印本）

赵万里（6首）

赵万里（1905—1980），字斐云，浙江海宁人。版本目录学家。曾任中文采访员、编辑，兼清华大学、北京大学等校教授。中华人民共和国成立后，历任北京图书馆研究员、善本特藏部主任，中国图书馆学会名誉理事等。

鹧鸪天（二首）

暂借花阴作翠屏，未须金弹打流莺。那知雪夜琼宫里，已有霜天晓角声。　风悄悄，雨泠泠，洞箫零乱可曾听。绝怜衾冷阑干热，春占纱窗第几櫺。

未负镫华划地寒，梦回翠羽说春残。尊前还有飘裙路，袖底终无息影阑。　明镜里，两眉湾，红桑不许度屏山。餐霞休问人间世，到处斜阳作意难。

（以上选自《学衡》民国十四年总第 46 期）

菩萨蛮（四首）

琼花不驻遥山景。月明几度箫心泠。起舞换新声。重来无此情。　一枝和泪送。烟雨秦鬟重。罗袜托微波。镜天人奈何。

晚莺消息愁如雾。东风岂是繁华主。柳线系斜阳。几丝春梦长。　漫怜芳草色。不减罗衣碧。云影欲平池。倚阑君未知。

十三筝雁双飞去。回头绿到屏山树。不信落花稀。西园春未归。　生憎江上水。长使尊前泪。只有两眉弯。可怜深浅难。

画堂旧有销魂地。衔花燕子真知未。怅望玉帘衣。日高风又微。　翠灯天共远。月气和愁乱。空谷惜香心。费他长短吟。

（以上选自《学衡》民国十五年总第 49 期）

钱小山（6首）

钱小山（1906—1991），原名钱伯威，字任远，号小山，历任常州市文化局长、常州市政协副主席、江苏省文联委员等。有《小山诗词》。

满江红

赠义勇军

热血喷空，莫抚事、忧心如捣。是男子、黄沙紫塞，从军差好。壁上争看扬汉帜，囊中早撰平倭稿。指犬羊、数已尽今年，张天讨。　　秦与越，长相保。家国恨，同时扫。把三千铁弩，潮头射倒。饮马还须临碧海，横戈直欲登蓬岛。待归来、笳鼓庆升平，开怀抱。

（选自《女铎》1932 年第 21 卷第 6 期）

浪淘沙

书　愿

不负少年游，锦带吴钩。玉骢嘶过小红楼。杨柳春风新乐府，都入歌喉。　　同上五湖舟，水月悠悠。浮云西北懒回头。高枕绝无尘世梦，自在沙鸥。

（选自《甲戌级年刊》1933 年）

貂裘换酒

公竟扬帆矣。溯从头、家仇国难，乱丝休理。慷慨金瓯供揖让，亡国何关许事。况只送、关山万里。多谢南人情意重，驻江干、迎候纷车骑。问可似，功名遂。　　烟霞痼癖还如此。尽逍遥、腰缠百万，使钱如水。破浪兼浮书画舫，自是雅人深致。笑物论、何劳挂齿。绝塞沙虫殊太苦，是英雄、不洒冰天泪。且歌舞，温柔死。

（选自《虞社》1933 年第 195 期）

长亭怨慢

乙亥春尽过半淞园，有怀玉岑。玉岑下世已半月矣，昔者来游，曾赋此调见示。词人不作，怆然继声。

又啼鸩、墙阴催起。万绿黏愁，春残眼底。嫩约招寻，当年欲践竟还未。人天长恨，争得似、销魂味。水暖赤栏桥，想照见、蕙襟兰佩。　　憔悴。怅羁人无那，小立落花风里。倦游江海，早相许、臞仙同气。怕此后、孤泛鸥波，更谁省、还山无计。尽忍泪临觞，偏是心头难避。

（选自《灿烂》1935 年第 1 卷第 2 期）

清平乐

商院闻蟋蟀

吟蛩何处。写入豳风句。灯火招寻闲散步。那似小时情绪。　　月阶清影徊徘，迎凉一面窗开。知否离人不寐。秋声飞上楼台。

（选自《灿烂》1935 年第 1 卷第 5 期）

清平乐

题秀水朱其石画

清歌载酒。几个山林友。富贵浮云君信否。一霎白衣苍狗。　　湖山无恙双清。只怜憔悴苍生。记得夕阳箫鼓，舟人追话承平。

（选自《学术世界》1936 年第 1 卷第 8 期）

王季思（4首）

王季思（1906—1996），原名王起，字季思，以字行。室名玉轮轩，笔名小米、之操等，浙江永嘉人。毕业于南京东南大学文学系，师承吴梅。历任浙江、安徽、江苏等地中学教师。二十世纪五十年代后，任中山大学教授。曾主编《西厢五剧注》《中国十大古典悲剧》《中国十大古典喜剧》，有《王季思诗词录》《玉轮轩后集》等。

鹧鸪天

脱手文章压众流。得时事业耀千秋。数行涎沫蜗牛过，一点寒光萤火留。　　微雨止，湿云收。闲携稚子上西楼。随身一把蒲葵扇，绝胜人间万户侯。

（选自《战时中学生》1939 年第 1 卷第 9 期）

千秋岁

步秦淮海“莺花词”韵

黄梅雨外。水落沙痕退。回首处，乡心碎。逝波牵远梦，别泪沾衣带。黄昏近，数峰清苦遥相对。　　乱里犹佳会。胜侣同倾盖。风物异，山河在。酒醒欢意少，客散斜阳改。愁何似，苍茫东望思填海。

（选自《温中校刊》1940 年第 6 期）

生查子

题小云女史白莲画扇

云飘渺飞，宿鹭联拳睡。月淡风清总是愁，直是到愁死。
云不须飞，鹭汝从教睡。不奈香销酒醒时，人在空江里。

鹧鸪天

题朱震生《落叶楼词稿》

领袖词坛要霸才。乐章片玉总伤俳。低头欲下辛公拜，曾向长淮饮马来。　　辽月黯，汉关隳。大江南北亦蒿莱。陆沉天醉关吾事，落木西风未是哀。

（以上选自《温中校刊》1941 年第 9 期）

吴白匋（25首）

吴白匋（1906—1992），原名徵铸，以字行，晚号无隐室主人，笔名陶甫，江苏仪征人。金陵大学历史系毕业后，留校任教，期间师事吴梅先生。1935年参加如社。曾在四川白沙国立女子师范学院、江苏省立教育学院等校任教。后任苏南文协筹备委员、江苏省文化局副局长等职。1973年重返南京大学教坛，执教南京大学历史系，1978年起改任中文系教授、戏剧研究室副主任。有《无隐室剧论选》，扬剧《袁樵摆渡》《汉宫春》，锡剧《红楼梦》（合作）等。

倾 杯

秦淮灯夜，有客怀人，因效柳七情语代作。

结绿长溪，闹红单舸，愁根暗入吟发。燕语巷陌，饮泣伫立，忆小蘋簧舌。歌云烛照轻于絮，数昔游荒忽。凌波步杳，凝望眼、悒悒江南烟阔。　　见说。金龟错嫁，黛螺颦损，罗带成新结。感是日蒲花，明朝枫树，早流光飘撇。换雪移霜，沉珠埋玉，一劫何时灭。寄瑶扎。还嘱咐、有情凉月。

绮寮怨

长堤春柳，又结愁阴，忆士豪下世，弹指经年，寇乱日深，怆然成咏。

数羽昏鸦飞尽，柳烟霞外青。记有客、白马花袍，东风暖、贳醉旗亭。通辞微波易托，蘋香伴、更结鸥鹭盟。恸去年、剩月空帘，山榴底、怨笛肠断声。　　寄泪问天未醒。昆明换汉，高踪近羡骑鲸。画角宵鸣。散兵气、满江城。枫林故人来梦，想共我、话春灯。陇楸长成。延陵旧剑在、尘暗凝。

惜红衣

扬州莲性寺前景色，旧云似琼岛春阴。乙亥七月北游，未得荡舟其间，顿起幽思，爰和白石。

塔坏穿霞，湖癯限日。浪销吟力。照影莼波，朱颜看成碧。文鳞渐老，愁换尽、虹梁游客。幽寂。萧寺冷钟，嘱苍烟归息。
燕台紫陌。栖梦年年，如今乱尘藉。平居恨似去国。马嘶北。咫尺柳阴遮断，不见远鸿来历。对渚莲红褪，遥忆液池秋色。

水调歌头

久不得瑟君书，却寄用方回体。

蛩语动罗簟。萤火熠缃帘。新来百感。凄凉尊酒对鬖髿。一片秋生葭菼。万顷香销菡萏。清景共谁探。堤柳经霜染。黄似去时衫。　　上空楼，凭远槛。望澄潭。飞鸦数点。无端天际乱归帆。借问渔人泛泛。网得长鱼如剑。可见素书函。日日山眉敛。愁黛遍江南。

泛清波摘遍

凌波桨小，隔雨灯深，还记饯君春夜好。凭肩低说，似许江南寄书早。谁知道。山长水远，风紧云寒，难送慧心秦吉了。暂别经年，伫立芳郊梦多少。　　晚烟渺。愁傍瞰妆翠涟，又见妒裙芳草。归倚吴山画屏，未眠侵晓。怨人杳。轻燕镇日乱飞，双鸳甚时重到。只怕今生岁月，为伊颠倒。

（以上选自《如社词钞》民国二十五年排印本）

烛影摇红

辛未秋感

欺月层阴，东风吹起迷林岫。朱甍飞上白头乌，络绎车尘走。野水棱棱未瘦。撼高城、鱼龙夜吼。烟啼露泫，多事残蛩，犹争寒甃。　　梦冷新亭，等闲且劝长星酒。谁家山墅翠微边，有客围棋否。生怕春镫唱后。换江头、新蒲细柳。杜鹃凄断，一片斜阳，照花红又。

霜花腴

壬申九月，重游摄山。风日妍燠，士女阗闉，避嚣独往枯涧中，森壁交藤，冥冥无极，每于石罅听枫林落叶声。嗣登高峰，意益雄放，磊霞赋诗二章，因亦用梦窗韵作。

浪吟竟夕，笑晚秋，书城系了南冠。衣染尘香，屐随云转，清游侣此真难。旅怀暂宽。厌乱鸦、翻翼林前。傍霜厓、顿祓闻根，万枫空响比泉寒。　　还寄凭高奇思，付松巅铁笛，自和孤蝉。敲日催诗，掬霞濡翰，澄江为客铺笺。更催酒船。饮倒县、岚翠娟娟。问神京、梦里湖山，几人寻梦看。

高阳台

访媚香楼遗址

明月县珰，娇云绾髻，翠涟曾瞰妆成。袖里藏香，画梁燕恶身轻。珠帘一夜胡尘满，渐鹦哥、愁说坊名。换而今，颓柳欹门，败叶寒厅。　　支筇来问当时事，只残镫影水，冉冉空青。狼藉闻根，长桥飞过雷軿。庭芳落尽桃花冷，好楼台、又沸新声。叹寻常，淡粉轻烟，梦也无凭。

水龙吟

登泰山

满衣京邑新尘，如何直上栖灵地。仰瞻天阙，迟攀磴道，才欣旋悸。云敞玄扃，松排仙仗，依然佳气。奈低头细数，齐烟点点，浑不尽、悲秋意。　　伫立碧霞宫里。叹封禅、几家儿戏。摩挲泪下，唐铭裂石，秦碑镵字。八表同昏，岱宗孤坐，苍凉今世。倚日观遥听，鲸鱼张鬣，正沧波沸。

夜半乐

游颐和园

画廊淡淡斜照，中涓白发，吞泪还相语。道胜日繁华，佛杳深处。袖罗映雪，老监云：孝钦后对雪常著罗衣。镫霞罩水。又云：夏夜长廊外县巨镫，光满一湖。更开高馆听鹂，沸天歌舞。渐忘却、芳春易风雨。　　到今冷意满眼，寂寞宫花，瘁凋堤树。阿阁下、寻常人家移住。湿萤椒壁，县蛛黼帐，殿楹古瓦松干，暗穿苍鼠。听檐角、风铃韵酸楚。　　伫久空恨，战鹢轻迷，海东烟雾。竟万叠、胡尘乱随步。倚铜犀、因叹事比荆驼苦。归骑缓、转首圆明路。噪鸦颓柳寒丘暮。

木兰花慢

将去旧京，饮中央公园中酒肆

渐驼铃响寂，有残燕、语留人。对落日宫墙，凌云坛树，独引离尊。金盆。荐将脍玉，问此中可有液池鳞。倚醉才抛事往，闻笳又惹愁新。　　明晨。古道起黄尘。心怯驶飙轮。想断襟零袂，杜鹃声里，行过天津。如银。旧京月色，隔关山长遣梦相亲。只恐铜仙去后，连宵怪雨幽云。

秋宵吟

丙子九月十五日，霜阶对月，因念戊辰是夕方登牛首东峰，大月如盆，自塔根涌出，光景奇绝。今绕郭诸峰久成禁地，兹游恐难再矣！和白石声韵。

锦屏深，画蜡皎。睡起回廊幽悄。凭阑久、渐桂影浮香，半庭疑晓。展寒波，浸鬓葆，素月娟娟林表。吟魂断、为俊约随烟，乱愁如草。　　望里双鬟，想近日、霜红未老。细泉苔径，破塔松门，几度梦云绕。燕北啼鸿早。病用秋原，游计顿杳。剩迟回、静想前欢，虚室生白夜又了。

燕山亭

过丰台

轮转空雷，窗纳暗尘，几叠征车东去。孤驿解鞍，满目生悲，南客易忘骄暑。澹日无言，对千帐、谁家旗鼓。凝伫。恨灌木昏鸦，也学胡语。　　春逝还不多时，怎斜径都迷，柳塘花坞。明年芍药，纵有残枝，知他避愁何处。望极觚棱，犹自绕、乱山无数。归路。又万里、沉沉天暮。

瑞鹤仙

风雨渡江

层澜摇片鹢。正漏逢，凄雨寒侵衣帻。江山旧相识。奈而今，怎走寻常经历。喧喧渡客。问何人、中流击楫。恸南朝铁锁，千寻不系，楼船一只。　　呜呃涛声汩岸，万苇悲风，晚来尤急。饥鹰数翼。回旋处，海门黑。念银河，空决胡尘难洗，多少青峰变色。看征帆西上，瞿塘地天更窄。

西平乐慢

戊寅三月游青城山，感宋姚平仲事作

绣脉灵香，散泉幽语，无奈病客愁何。红寂宫墙，翠寒乔木，遥怜未识干戈。对麦秀平畴万亩，花隐幽村数点，江南旧景，伤心又入岷沱。抛杖凄然倚石，云起处，磬响落修萝。　　丈人峰外，天师洞口，太尉当年，曾跨青骡。重念想、凌虚犀甲，拂雾虬髯，满眼铜驼巷陌，铁骑关山，仙去英雄泪更多。怀古恨深，栖真梦冷，悒悒归程，细雨蓝舆，渐远层峦，东倾不尽愁波。

兰陵王

宿双流村店，忆扬州少年事。用清真韵

古堤直。秋晚瘦湖更碧。澄霞外，风荇水荭，阖眼雯雯见芳色。长谣恸去国。难识。清狂旧客。吹箫处，还到梦中，县月虹梁卧千尺。　　名园印欢迹。记款鹭诗舲，招燕歌席。银刀红鲤堆盘食。嗟竹檠残焰，瓦盆酸酒，今宵闲泪泫败驿。听鹃叫村北。寒恻。皓霜积。念蜀土沦飘，乡讯寥寂。金闺万里愁何极。奈一望烽火，数声羌笛。池沤身世，付乱雨，夜半滴。

双双燕

倦飞海燕，傍华屋颓垣，玳梁残瓦。呢喃不住，似觅故人情话。檐角蛛丝絮惹。带细雨、翾翾欲下。西征几日重归，望眼全迷乡社。　　清夜。歌休舞罢。起少妇愁新，泪封绡帕。春烟啼冷，梦入断红零麝。商略巢林去也。又共止、荆扉茅社。遥想是处双栖，却胜旧时王谢。

烛影摇红

辛巳三月，成都看花作

爇桂炊琼，锦城生事余悲啸。惊烟隙处又逢春，霎眼千红闹。自典鹴裘一笑。引霞觞、珍丛醉绕。回波濯梦，孤影依然，承平年少。　　别院繁英，遥看却比江南好。高吟未老莫还乡，窥熟韦郎抱。应念春来太早。近清明、荼蘼放了。钿车佳约，虹雨梅风，茫茫难料。

河渎神（二首）

法会水边开。峨冠耸剑徘徊。数行封事上瑶阶。龙骑啾啾未来。　　朱鸟当窗啼不歇。江花两岸愁绝。举首顿忧天裂。浮云西北如血。

歧路意徊徨。从祠遥见红墙。长林暗接短松冈。江燕孤飞断肠。　　荡子天涯寒旧约。绿窗归计耽搁。渡口风烟漠漠。大旗落日山郭。

庆宫春

月夜寄怀扬州诸老

虺蜮坛罗，麐鼯阶斗，古今共赋芜城。新制荷裳，枯吟兰畹，避愁何处山青。乱红飘径，想词客、登楼泪凝。堤边风恶，三两衰杨，珍重西倾。　　涛笺倦写离情。灭烛披衣，微步中庭。重倚天涯，一分残月，海东遥见晨星。有怀无寐，伫立待、虚廊雾清。几时湖舫，塔外同参，劫后铃声。

莺啼序

壬午七夕，巴东登舟，再入巫峡，感怀有作。

危亭乍喧戍鼓，已秋风振袂。凭阑数、灵鹊南飞，倦客仍放西枻。暮林表、烟褰雾歇，遥峦几朵芙蓉霁。奈高江无尽，盘涡正如心沸。　　一叶寒涛，四野炬火，记仓皇避地。叹猿狖、抛撇云窝，岸声长住凄异。今日巫峡无猿。伫沙头、殷勤拜月，早深祝、霓旌东指。竟鹃乡，芳草斜曛，五年凝睇。　　流萤露井，絮蟀闲阶，有人应未睡。刻意想、玉楼前度，象簟微冷，笑接荧星，卷帘梳洗。于今怕看，牵衣痴女，拈花频卜耶归日，敛双眉、秀夺岷峨翠。情丝万叠，清宵暗逐回飙，乱入短蓬镫底。　　狂歌下峡，雅乐还京，愿境非梦寐。但只恐、垂杨堤上，细马来迎，俯鬓蒲塘，共惊霜起。红桑际海，黄尘迷路，人间辽远银汉近，待中兴、拼掷相思泪。巫山不改萧森，故国新秋，断肠画里。

鹧鸪天

癸未元日立春，雨中揽景

写闷炉灰早拨残。石梁吟啸理清欢。低峰挂雨眉犹绿，孤鸟捎烟影自闲。　　尘袂湿，别肠宽。遥村爆竹警愁还。今朝才识人间味，管领新春是峭寒。

蓦山溪

石门距白沙三十里，有宋张商英所建大佛寺，伯兄尝寄寓焉。己卯、庚辰、辛巳三岁，锦城累扰于铁鸟，每值夏日，辄避地依兄而居。苍峦入牖，帆影摇书。微讽僧楼，心眼莹澈。尤忆中元夜，村人放荷镫江上，蓦波下驶，烁烁如龙。返顾诸幼侄，月华覆额，连袂踏歌，无复有丧乱之感也。归来白沙兄适他去，盈盈相望，风景俨然。摛笔写怀，不胜凄黯。

石龛松寺，随意联佳会。地僻少秋鼙，共细听、晴江欸乃。一矶鸥外，坐尽月明时，将诗思，散轻烟，飞蹙遥山黛。　　尘缨久缚，星聚知难再。闲梦水流东，剩冉冉、沙头身在。纸窗寒入，今夕擘蛮笺，挑暗烬，写鸰啼，风雨床前大。

苏武慢

白苍山雨不歇

竹响才稀，檐声又紧，自拥铁衾愁酽。堂升斗鼠，案伏涎蜗，残檠照人肝胆。还梦少年，夜雨潇潇，画桥春缆。记红楼遥望，翠尊迟引，柳香吹店。　　来日里、总有新晴，秋江独啸，霞外鹭飞鸥泛。深悲泪水，漂鬓成丝，依旧一襟凄黯。侵晓倚门，苦雾沉山，湿寒吞槛。揽乱云为墨，细写幽单万感。

（以上选自《灵琐词》，《雍园词钞》民国三十五年排印本）

陈复（1首）

陈复（1907—1932），又名志复，广东番禺（今广州）人。民国十四年（1925）赴莫斯科中山大学学习。回国后进行革命宣传活动，后任中共广州市委宣传部长，民国二十一年（1932）被捕遇害。有《春水集》，收词十七首。

柳梢青

归　途

绿草平沙。归鸦数点，落日晚霞。渔火灯昏，云山黯淡，愁煞人也。　　此时心事如麻。那堪听、管弦呕哑。烟水茫茫，征途渺渺，何时到家。

（选自《春水集》民国二十年排印本）

胡邵（9首）

胡邵（1907—1983），一名蘋秋，安徽合肥人。曾任中国人民解放军西南军区京剧院编导等。有《秋碧词》。

红罗袄

呈杨云史夫子

总被才名误，屡负故乡情。念帘外鹃声，一天春水，先生幼时填词有句云："帘外一天春水，杜鹃声里江南。"因得盛名，时人呼之为"杨杜鹃"，号称"江东第一才子"。江南风景，万里归程。　　痛家国、触目心惊。关中带甲纵横。早悔事长征。算薄宦、未可老渊明。

浣溪沙

夏日闺情戏咏

试罢兰汤髻子歪。檀郎低语脸相偎。卧床今夜要分开。　　算计将人先稳住，话儿端重性儿乖。夜深偷过者边来。

浣溪沙

闺中杂咏

池水因风尚起波。况于耳鬓日厮磨。闺中政事最烦苛。　　偏是爱深猜忌重，翻因情厚是非多。思量无计可如何。

品　令

中秋前一夕

云散翳。天净洗、秋月一丸如水。当此夜、最是诗情美，更无人、解幽思。　　披发花前危坐，贪着清凉忘睡。人间事、一切抛撇起，自家愁、自家喜。

（以上选自《东北大学周刊》1929 年第 80 期）

摸鱼儿

读杨云史夫子莫春再游故都诗词，倚声却寄，即用吕碧城女士重游瑞士词元韵。

莽烟芜、园陵春晚，前游谢屐重印。萧条燕市红尘里，指点楼台能认。东风静。但花鸟惊心，触目芳菲冷。湖山向暝。只细柳新蒲，凄迷相向，兴废事无准。　　荡兰桨，隔水蛾眉妆靓。豪中竞让红粉。哀时杜老酸吟苦，电火韶光垂尽。争堪省。念戎马关山，病起腰围褪。愁怀强忍。想老去填词，飘残涕泪，长寄百年恨。

（选自《东北大学周刊》1930 年第 101 期）

洞仙歌

阵鸦呼晓，觉春寒侵席。瞥见芸窗逗微白。早香销锦被、神思昏沉，此时际、待睡如何睡得。　　起来庭院静，晓雾濛濛，远树依稀在烟幂。散发沐凉风、梳洗都慵，怕明镜、欺人颜色。但凝坐、空斋学枯禅，陡心事如潮、乱愁难敌。

谒金门

春正寂。绝忆莺花江国。戍鼓凄寒惊过翼。云来华月蚀。

岁岁轮蹄南北。瘦损少年词客。第一闲愁消不得。晚风欺酒力。

河渎神

寄湘君

快意话平生。相逢细柳郊营。繁弦急管与闺情。遏云余韵犹萦。　　眷想前欢如昨日。锦鳞不带书帛。迢递云山望极。思君魂梦难觅。

玉团儿

别钧石

而今始觉欢情促。感分去、相违太速。马背霜华，旌头风色，摇动心目。　　征人那得安栖宿。况乱时、狼烽骕骦。此去何年，再能相会，须自难卜。

（以上选自《东北大学周刊》1930 年第 106 期）

李学鑫（5首）

李学鑫（1907—1998），字绛秋，广东潮安（今潮州市潮安区）人。书法家，曾是《新岭东报》《潮梅日报》的主要撰稿人。工诗词，与同乡词人易孺、陈运彰等交游。曾流寓上海。有《绛秋诗存》《采塘诗集》《采塘诗余》等。

浪淘沙

秋　风

楼上晚妆残。池荷阑珊。金风砭骨怯衣单。转眼芳园憔悴甚，低首长叹。　　落叶乱团团。不禁心酸。他乡鲈脍忆张翰。雁字家书劳盼望，独自凭栏。

（选自《友联期刊》1925 年第 5 期）

水龙吟

乙亥秋登灵岩山

晓寒残霸行宫，望中秀色凝峰翠。云迷树杪，空虚鸟响，别离情思。香径苔封，故园花老，梵门深闭。有剩廊落叶，疏钟续断，兴亡恨、凭呼起。　　千古倾城难得，怪吴王、暮朝沉醉。香温玉腻，舞红歌碧，琼台敲碎。无限江山，渐销鞶甓，当年王气。悠登临纵目，沧溟一片，五湖烟水。

贺新凉

谁复留春歇。蓦回头、风狂雨霁，红飘香缺。独客情怀浑如水，冷照霓裳偏彻。始信道、人间轻别。敛步暗尘罗袜剩，叹关河、咫尺槎难越。空怅望、楚天阔。　　江南梦断音书绝。最伤心、芭蕉镇卷，丁香深结。拟把朱弦仍故理，密意焦桐待拨。怕再觑、鬓云双雪。自悔多情成底事，更那堪、孤馆闻啼鴂。馀泪尽，为伊竭。

（以上选自《海滨》1936 年第 11 期）

金菊对芙蓉

春夜饮随园，赋谢其敏、星原、受益诸子

归思无家，天涯有梦，岁华流箭堪惊。正蝶娇莺懒，柳暗花明。伤心怕见南楼月，赖故人、尊酒谈兵。低徊前度，旗亭倦客，难赋深情。　　泪眼犹是新亭。对残窗旧影，隔岁银灯。认沧桑杯底，华发山青。人间莫问漂沦苦，怨琵琶、水面谁听。黄昏清晓，角声隐处，草没芜城。

金缕曲

寄怀吴其敏

倦矣吾归矣。叹频年、飘零逆旅，疗饥无计。十载狂名终悔却，两字穷愁而已。问楚客、天涯何似。纵使学成雕龙笔，老填词、岂尽平生意。谁会得，此中味。　　中年吾也伤孤寄。共些时、燕郜击筑，吹箫吴市。腰下光芒三尺剑，回首苍茫无际。且莫说、长安佳丽。比似文章憎命达，甚儒冠、未必真名士。算犀角，只吾子。

（以上选自《海滨》1937 年第 12 期）

吕传元（25首）

吕传元（1907—1984），本名传元，字贞白，后以字行，别字伯子，号茄庵、萧翁、戴庵，江西九江人，寄籍上海。早年随父宦居南通，从陈星南、张季直游。曾任中央大学教授，教授中国古典文学。1957年调入上海古典文学出版社（今上海古籍出版社），任编审等职。1982年后，被聘为上海古籍整理出版规划小组顾问，兼任华东师范大学和复旦大学教授。著有《吕氏春秋斠补》《道听录》《药烟录》等。

归国谣

题冼玉清《旧京春色卷》第一幅《崇效寺牡丹》

沉醉。照靥露华添妩媚。玉阑朱帔飘坠。朵云摇梦绮。　　过眼怨红移翠。晚风狂刬地。粉痕留取芳思。锦笺还溅泪。

荷叶杯

题冼玉清《旧京春色卷》第二幅《极乐寺海棠》

灿烂锦窠明夜。娇姹。风拂晚妆时。佩环罗袂费禁持。凝露染胭脂。　　绀宇雕栊前迹。堪惜。回首念芳尘。生绡初点惹愁新。忍写故枝春。

卜算子

忆南洲荷花（二首）

十里晓云凉，吹湿陂塘路。一镜轻盈縠浪平，花底飘香雾。　　翠袖倚南楼，隔岸招鸥侣。多恐阑干暮雨空，零落知何许。

水佩漾风漪，袅娜含初雨。枉记年时一棹歌，长向花间住。　　唱彻惜红衣，未抵飘零苦。梦断深潭六月秋，烟雾空南浦。

绿盖舞风轻

李公祠观荷，红香零落殆尽，感成此阕。

万绿影成围，罨住荒祠，飘衣弄风细。幽寂澄塘，清漪明锦段，玉镜新洗。悄理云裳，更轻逗、初凉滋味。算来迟、却负鸥盟，惊惹秋思。　　吟里。殢目天涯，倦梦恋江南，断梗频系。剩得登临，野烟笼、漫揾满襟闲泪。展尽亭亭，坠红处、阑干谁倚。露珠垂，消受冷香青翠。

玉京谣

己卯中秋，风雨竟日，夜半始霁，稍见月色。

烛转清光悄，雨过风酸，对酒先成醉。恨迸昏潮，波声催送帘际。恋袅绕、摇梦秋烟，早客绪、瞢腾慵理。间凝睇。朱楼那角，阑干千里。　　高寒尽殢琼宫，障影婵娟，甚晚妆怯倚。尘涩鲛纱，还从青镜回泪。认旧痕、天上人间，忍换尽、笛中歌意。飘欲坠。愁又乱云重起。

霜叶飞

九日，湖帆、榆生招饮沪西农场，赋此奉酬。

画栊秋渺。微寒后，浓烟遍殢斜照。树摇风转响昏枝，送满园尘悄。卷六尺、帘波乍窈。茱萸杯盏还同倒。奈地僻江荒，向暮色、苍茫望里，北雁初到。　　凄断故国山遥，新亭危涕，点滴都溅芳草。揽将多感付吟边，对楚天孤眺。最一抹愁痕未了。悲歌消与沉酣早。念岁时、关心事，清瘦黄花，旧篱霜小。

垂丝钓

答衡齐并讯季湖

满襟断绪。尊边人意非故。醉醒玉屏，更鼓初度。听夜雨。掩琐窗绣户。愁何许。掩霜镫自语。　　倦游还记，高楼曾对歌舞。旧情在否。空想风廊步。清梦都无据。惊岁暮。伫海天片羽。

雪梅香

寒夜简大盦、榆生

晚天阔，当头月色照朦胧。对高楼念远，凄凉画角声中。潮撼昏江警遥夕，雾迷孤堞罨长空。渐吹湿，潋潋繁霜，愁浸帘栊。　　飘蓬。泛枯梗，十载浮家，共听寒风。负却清欢，那堪意窄歌慵。茗碗多情慰孤客，药炉扶病忆衰翁。还相问，岁暮心期，持与谁同。

小梅花

将进酒。倾杯斗。婆娑起舞为君寿。展眉峰。醉颜红。轻移小步，摇动玉玲珑。檀槽细拨琵琶语。洛阳才人邯郸女。郁金堂。双雕梁。长愿今生，安稳着鸳鸯。　　清夜半。三星粲。终古微云淡河汉。相知深。相知音。合欢罗带，婉娩结同心。千回好梦须重续。百岁匆匆如转烛。花枝妍。月初圆。笑并花枝，和月共婵娟。

（以上选自《午社词》民国二十九年铅印本）

月当厅

秋夜大风雨中，寄答忍寒。

极目望阻云涯路，潇疏苦雨，天醉沉沉。叵耐浅寒，今夕欲透吴襟。犹有故人念远，寄蛮笺、慰我抵南金。肯相问，危楼灯火，两地更深。　　江湖浩荡归何处，奈年年、客愁依旧侵寻。咽耳冷风，偏警万叠湘音。休管眼前几悲感，短歌珍重莫闲吟。待觅取、尊边坠绪，浊酒堪斟。

鹧鸪天

宛春、蒙庵，邀客作东坡生日词会，蒙庵拈调《醉翁操》，索同作，愧未能也。戏拈小令，赋视蒙庵。

潇洒仙翁意可师。铜琶铁板按新词。千年法曲留余响，此夜天风欲下时。　　瞻画像，撚吟髭。安排其一酒盈卮。元龙豪气层楼上，正欲高歌解客颐。

（以上选自《同声月刊》第1卷第5期）

八六子

倚青屏。醉凭瑶瑟，恹恹款断难醒。奈抱里香痕浥透，影边丝鬓飘残，恨教泪凝。　　多时愁忍伶俜。凤屧袜罗芳思，明珰玉管深盟。且付与沉酣，尽抛孤绪，素笺天远，绣帘风晚，渐看翳翳珠尘障眼，愔愔灯绮含情。更牵萦。琼箫漫吹怨声。

（选自《同声月刊》第1卷第9期）

虞美人

题《西湖饯春图》

盈盈碧影轻波暖。荡漾闲愁满。饯春齐上木兰船。回首承平诗酒忆当年。　　画中楼阁迷烟雨。弹指悲今古。湖山换劫太匆匆。只剩杜鹃啼恨咽东风。

（选自《同声月刊》第2卷第4期）

鹧鸪天（二首）

压线年年伫苦辛。小楼谁念卷帘人。可怜莺燕纷无定，浪逐烟花负却春。　　消薄醉，易伤神。斜阳一向解温存。低头顾影羞惭甚，未信蛾眉误此身。

屏上烟云隔九疑。重帘消息渺难期。却怜宛转通辞候，未是分明着眼时。　　春易老，燕来迟。三更吹彻玉参差。无端恼恨天边月，又照流苏八宝垂。

（以上选自《同声月刊》第2卷第9期）

河　传（三首）

金井。风定。夜漫漫。斜挂凉蟾半阑。压枝露痕吹未干。更残。渐知花簟寒。　　雁柱难传心上语。君信否。回首天涯阻。短长亭。千万程。云屏。对人愁到明。

南浦。云树。小桥边。何处高楼管弦。与郎那时停画船。月圆。缓声歌采莲。　　悄悄新凉欺彩扇。更漏断。惆怅生清怨。荡愁心。抛旧吟。梦寻。隔江烟浪深。

星粲。银汉。起纤云。风动帘波绮纹。暗摇袖罗生翠尘。瑶尊。满斟持劝君。　　醉里婆娑钗上凤。歌扇弄。茜舞还相送。烛花长。秋夜凉。桂堂。主人乐未央。

（以上选自《同声月刊》第2卷第11期）

虞美人

春魂栖稳双飞蝶。满架荼蘼雪。清愁都被燕莺猜。休向玉栏深处独徘徊。　　灯前更惜人消瘦。惆怅抛红豆。佳期已叹负番风。万一云阶月地又重逢。

采桑子

春灯压酒怜清夜，月色空濛。绿满窗茸。脉脉离怀缱绻同。　　愁边更欲无肠断，弦管声中。罨画楼东。驻得痴云特地红。

古倾杯

忆与季湖塘西之游，倏忽一年矣，赋此寄忆。

挂岫星繁，傍岩楼悄，风度前山去。愔愔曲榭，珠围翠袖，记共深宵歌舞。绮灯窈窈低垂，香尘缕缕。秦筝罢泣，鲲弦乍诉。月拂帘底，偏向峰峦明处。　　忍细捡、离襟幽素。几曾染、芳痕如许。莽瘴海昏昏，天边槎影，黯淡回潮语。相望咫尺云路。怅独自、掩袂禁寒，偎衾听雨。一夜怎奈，吟边清苦。

破阵子（二首）

镜里香尘都满，眉边浅黛休描。误了婵娟三五夜，诉尽回环上下潮。层云罨丽谯。　　玉烛涴成泪点，东风种遍愁苗。目断江南金粉地，听到吴歌意总消。谁家理怨箫。

解道沧波终浅，从知好月能圆。只尺关山劳梦寐，一纸音书意万千。苕华负绮年。　　短夜不禁惆怅，深情误著缠绵。玉轸朱弦难更理，肯向瑶台拂乱弦。清歌莫浪传。

（以上选自《同声月刊》第3卷第4期）

王兰馨（18首）

王兰馨（1907—1992），号景逸，广东番禺（今广州）人。俞平伯、钱玄同女弟子，为李广田继室，其生前执教于云南大学中文系，终身从事教育工作。著有《将离集》《晚晴集》。

浣溪沙

往事凄迷欲化烟。无端春恨竟年年。闻道城南三月暮，柳飞绵。　　恨结东风翡翠羽，魂消月夜凤凰弦。此夕星辰非昨夜，莫凭阑。

念奴娇

小桃花落，最伤心恰是，那年时节。凄峭东风，惊旧梦，帘外数声啼鴂。绿柳千丝，梨花一树，相对成凄绝。月寒如水，情更薄于寒月。　　回首事已三年，玉函锦字，一字无残缺。每向凉宵挑瘦烛，泪滴红笺无色。流水落花，人间天上，有恨向谁说。年年此际，还同碧草争发。

南乡子

风月转摧残。苦把春痕系梦间。谁道消愁须仗酒，恹恹。浊酒虽浓未解颜。　　锦瑟损华年。怕见莺飞柳带烟。旧恨重重抛不了，般般。过后思量尽可怜。

踏莎行

曲曲阑干，重重帘幕。春魂化作桃花雾。谁将乱絮比闲愁，垂杨那是相思树。　　锦字仍存，玉人何处。黄昏几点催花雨。雨余楼角断霞明，夜来月照深深户。

金缕曲

往事成悲咽。又恹恹、过了清明，断肠时节。异域招魂招不得，万里关山路隔。剩碧海、青天悽绝。月冷花残幽梦觉，冷清清、满地梨花白。有人倚，阑干侧。　　孤魂难渡关山黑。最伤心、玉钗敲竹，心事低说。血泪斑斑挥落处，化作花间蝴蝶。算名士、倾城相悦。水样年华尘样事，听琼箫、吹冷蛾眉月。风起处，花如雪。

金缕曲

连日情怀恶。暗惊心、春光畹晚，镜颜非昨。柳宠花娇寒食近，漠漠轻寒都著。孤负了、春游芳约。翠袖余香添枨触，病经年、殢酒伤孤酌。春意远，晚阴薄。　　零烟断雨冷银索。甚春来、阴晴无准，枉占灵鹊。笺绿绡红双燕子，细语同谁商略。已隔却、重重帘幕。毕竟东风无气力，任落花、长自成飘泊。多少恨，欲何托。

清平乐

梦回香暖。罗幕春寒浅。窗外花阴和月转。明朝画桥春远。　　三年影事重寻。梦中水阔山深。那岁白蘋花落，伤心直到而今。

鹧鸪天

万顷烟波荡月华。隔江何处响琵琶。花飞如霰愁如海，目断青山未有家。　　烟柳碧，晚风斜。孤舟明朝听啼鸦。拼他一世如红叶，犹得年年咏落花。

二郎神

过明湖故园，不胜沧桑之感，七八年间而园已三易主。余自先君见背，漂泊天涯，形如断雁，每经此处，回首当年，不知涕泪之何从也。

夕阳乱絮，闲煞了、荼蘼庭院。记檀板金樽，绿杨深处，一桁珠帘半卷。昨日狂飙今日雨，却不道、繁华偷换。只曲曲碧阑，当年凭处，余香犹暖。　　凄断。芳芜蛱蝶，西风弄晚。剩一树红梨，映波无恙，曾照春宵月宴。时节飞花，天涯少住，脉脉此情难遣。凄绝处，旧日园亭，故主也如梁燕。

鹧鸪天

原上荒芜暮霭纷。悲笳哀动独伤神。洞庭木下君山寂，渺渺烟波欲断魂。　　无一语，对斜曛。不知何处吊湘君。此身万事何曾了，独立苍茫感暮云。

浣溪沙

梦觉清寒透碧橱。玉炉香烬雨疏疏。故人颜色渐模糊。　　一夜雨声千点泪，三年心事数行书。问君知我断肠无。

临江仙

远塞鸡声和夜雨，一窗灯影凄其。清寒料峭透罗帏。梦回香烬，往事不胜悲。　　一夜伤心添白发，朝看两鬓生丝。此情说与阿谁知。人间天上，已是隔年期。

金缕曲

云妹来书约我异日同归江南，赋此报之

作计吾归矣。忆江南、杂花生树，草长莺起。万里关山劳望眼，满袖征尘怎洗。念故国、音书谁递。况是听风听雨客，向天涯、何处寻知己。我与我，周旋耳。　　此间无地堪沉醉。问当年、吟俦酒伴，至今余几。紫棘胸中三斗许，触处即生芒刺。总事事、不如人意。异日江头垂钓线，好买花、载酒斜阳里。旧鸥鹭，应相识。

浪淘沙

风夜有感

帘外已三更。风透疏棂。一灯瑟瑟篆烟青。欲向枕根寻往事，梦有何凭。　　一语记分明。忒恼风声。天涯自是不堪听。知否绿窗挑瘦烛，一夜关情。

清平乐

长空雁唳。多少凄凉味。阶下梧桐和露坠。满地月华如水。
前游回首成空。秋江冷落芙蓉。此夕星辰非昨，为谁怅立西风。

清平乐

杜鹃声里。孤馆春寒闭。记得中宵常不寐。谙尽凄凉滋味。　　非关病酒悲秋。缘何触绪添愁。为念明湖春水，而今依旧东流。

浪淘沙

明湖春雨晚眺

云压佛山低。远树凄迷。点波雨细出鱼儿。更有鹅黄城畔柳，万点鸦栖。　　家住小桥西。绿水成溪。休将红叶觅新题。几日东风吹淡了，墙外红梨。

苏幕遮

柳丝长，榴萼吐。点点胭脂，点点胭脂露。低下湘帘飞薄雾。疏雨和愁，疏雨和愁住。　　夕阳天，芳草路。总是销魂，总是销魂处。昨夜小楼风转遽。吹落花无，吹落花无数。

（以上选自《将离集》民国二十三年排印本）

王沂暖（12首）

王沂暖（1907—1998），原名王克仁，字春沐，笔名春冰，吉林九台人。1931 年毕业于北京大学中文系。历任《汉藏大辞典》编辑、兰州大学副教授、西北民族学院教授、甘肃文史馆馆员。通藏文，是中国最早翻译与研究《格萨尔王传》的学者，堪称格萨尔学的奠基人。著有《春沐诗词甲乙稿》《王沂暖诗词选》《入康词草》等。

浣溪沙

送东大从军印缅诸员生

慷慨南征一曲歌。垂天鹏翼与云摩。辽东终古健儿多。　投笔精神新万目。此次学生从军，东大首倡之功为不可没。挥戈身手慑群倭。从头收拾旧山河。

人月圆

忆江南旧游

江南千古称佳丽，汗漫记曾游。苏公堤畔，吴王苑里，燕子矶头。　杂花生树，莺娇蝶腻，水软山柔。而今回首，弥天兵火，老我西州。

（以上选自《本行通讯》1944 年第 84 期）

鹧鸪天

送友赴新疆

犹记相携入蜀行。矮楼局促武昌城。一身许国心同赤，万死逃秦鬓最青。　思往事，话平生。依前难得是飘零。垂天鹏运还千里，不唱阳关第四声。

鹊桥仙

明年岁月，明年景色，自是河清海宴。天狼射尽起承平，好装点、神州赤县。　　中兴事业，中兴歌曲，传唱人间应遍。元戎勋阅炳千秋，那消说、凌唐驾汉。

（以上选自《本行通讯》1945年第105期）

忆江南

奉和风满楼见柬小词八阕，并致候问

惊东野，每作不平鸣。四座惊心言有味，三分入木笔无情。休道太寒生。

浑潇洒，面貌短髭真。万里逃秦劳久客，十年面壁证前身。枯坐画观音。甲原兄善画观音，在渝时曾一见之。

无拘检，漫画不知名。衣钵真传丰子恺，突梯雅似高龙生。了了见才情。

金陵好，一舸赋归来。马市卜居同伏枥，官街踏雨且开怀。何事惜双鞋。

归来久，休问近如何。破碎中寻新气象，烽烟犹是旧山河。无地避兵戈。

三千牍，伏案竟何功。骥子儿痴能绕膝，水衡钱好得医穷。怪事罢书空。

萧斋里，皂帽管宁真。每喜词章添丽句，更兼名理著奇文。相对赏心频。

闲金粉，最忆是江南。玄武澄清鱼亦乐，紫金葱郁气尤酣。好景耐穷探。

（以上选自《本行通讯》1947 年第 157 期）

杨胜葆（2首）

杨胜葆（1907—?），字圣褒，号二同轩主，浙江吴兴（今湖州）人。如社社员。

诉衷情

衾冷。更永。残梦醒。夜迢迢。烟篆绿。银烛。向人骄。隐约见云翘。魂销。天涯芳讯遥。瘦纤腰。

女冠子

鬓云低浅。几阵晚风香软。最销魂。叠雪冰丝縠，轻罗翠羽裙。　　不知神已醉，犹自脸佯嗔。行到花深处，雨缤纷。

（以上选自《如社词钞》民国二十五年排印本）

袁荣法（11首）

袁荣法（1907—1976），字帅南，号沧州、玄冰，湖南湘潭人，民国学者袁思亮从子，曾参加沤社，有《玄冰词》。

芳草渡

过斜桥故居有感，和世父

策骑晚，又巷陌依稀，向时归路。甚玉骢经惯，还寻系柳门户。飞鞚催过去。偏骄嘶回顾。似暗认、第几人家，蓦地惊误。　　凝觑。旧情易感，况是儿时游钓处。但冥想、多生梦里，吾庐定何许。故宫尚在，也付与、离离禾黍。谩叹惜、多少兴亡自古。

东坡引

人日喜晴

瑶枝香绽玉。幽窗弹横幅。屏山花胜高低簇。娇莺初弄曲。娇莺初弄曲。　　风幰拂地，日暄云燠。问花信、十番足。庭阶渐渐苏芳蓐。春随人意绿。春随人意绿。

瑞鹤仙

小梅香渐褪。早二月江南，海棠花信。东风绣帘冷。蘸丝丝烟柳，暗侵芳鬓。腰围瘦损。料都为、新来酒病。更因循、抛却莺期，付与翠昏红暝。　　休问。递香窗眼，拜月楼心，那时光景。相思梦迴。总然梦，也难准。况一春长是，花开花谢，懊恼情悰未稳。听东墙、横笛吹残，去愁又趁。

三姝媚

一春多雨，花事易阑，触绪成愁，倚声凄断。

霞痕明断岸。袅晴烟平芜，柳丝如剪。瘦碧池亭，倩暖春将护，稚莺娇燕。楚客多情，偷料理、探芳心眼。似省前游，花底依然，坠钿争艳。　　挑菜桥西人远。但槛曲宫桃，乍匀妆面。伫立秋千，有殢林斜照，暗生凄恋。为嘱东风，莫惯把、红芳催散。只恐荒波流去，天涯恨满。

汉宫春

追赋叶园牡丹，用梦窗韵

琼岛飞来，向人间何世，重见仙姝。临风乍摇麝珮，香动流苏。灵根慧叶，较寻常、色相浑殊。芳露重、宫鬟半亸，檀心堆晕盘盂。　　姚魏旧家轻俊，算年时莺燕，还记前娱。新妆倚阑倦起，珠蕊星铺。流霞滟潋，向瑶台、沉醉春壶。翻念损、红衣睡醒，夜深欲倩谁扶。

渡江云

空床明月静，风寒天碧，帷幕动流苏。昨宵曾梦到，为问伊行，莫也忆人无。红凋翠减，早前溪、绿遍蘼芜。浑记得、门前杨柳，惊起夜啼乌。　　音书。河中双鲤，塞外孤鸿，尽相看无据。空省识、镫花宵孕，檐鹊晨呼。相思一缕肠千结，甚而今、觌面仍疏。重见也、拼教还似当初。

安公子

送公渚丈之青岛。用乐章八十字调，即次其韵。

长天霞潋滟。片帆今夜何许，漠漠沧波万顷，秋色青于染。霜风凄孤剑。休唱渭城旧曲，漫折河桥衰柳，离笛听还厌。　　怎奈别思愔愔，归心黯黯。吴姬甚处，试遣压酒沙头店。怕舣船将晓，柔梦牵情，辜负齐烟九点。

被花恼

用杨守斋韵

一番冷雨一番风，寂寞易成昏晓。深巷无人卖花少。房栊雾锁，啼螀不住，梦断还慵觉。双凤蜡，感人多，泪花滴尽犹相照。　　时节暗侵寻，惊见天涯又衰草。薰香锦字，付与鳞鸿，寄也应难到。剩芳心一寸未全灰，怎禁被、无情赚人恼。却不分，柳发晞霜天亦老。

浣溪沙（二首）

涡水依回直到门。芦花高下欲遮村。沤边消息共谁论。　　无数云山争供养，多情烟树与氤氲。此中端合有吟魂。

晴雪千畦月一湖。白蘋风急浪花粗。更从何处问菼芦。　　劫后丹青能妩媚，眼中朱碧总模糊。画师曾费泪痕无。

一萼红

泛棹西溪，小憩秋雪庵，登弹指楼之后，为两浙词人祠。

泛清幽。有荻花枫叶，萧瑟一天秋。极浦云回，寒汀潮落，宿雨还未全收。夕阳外、低鬟拥翠，伴微吟、船底起吴讴。莫管重来，只消今日，容我扁舟。　　一角茅庵如画，问词仙在否，涡水空流。故国心期，他乡滋味，今古长恁悠悠。凭寄语、人生行乐，好时节、休要怯登楼。料理残醪半樽，更与盟鸥。

（以上选自《沤社词钞》民国二十二年排印本）

高文（16首）

高文（1908—2000），号石斋，江苏南京人。金陵大学毕业，师从吴梅。曾任金陵大学、西北大学、河南大学等校教授。主编《全唐诗简编》《唐文选》《高岑诗选》，著有《盟玉词钞》。早年多有香软之作，后渐摒浮艳，转劲苍沉著。

菩萨蛮（四首）

红罗斗帐香囊结，鸳鸯懒见芳衾折。灯焰淡无痕，三更月到门。　　带长怜瘦损，地角人应省。千里梦难成，南来雁一声。

悲笳断续心如碎，悠扬添得离人泪。香烬泪阑干，拥衾知晓寒。　　月残天渐黑，虫叫人凄恻。何处晓鸡声，欲眠眠未成。

心里情丝牵不了，隔窗阵阵蜂儿闹。朝旭上玻璃，花枝闻鸟啼。　　日高人懒起，对镜愁梳洗。侍女开帘帷，帘开双燕飞。

柳丝轻拂波纹绉，落花点点胭脂透。飞絮化蘋稀，春归人未归。　　君行湘水上，妾在江楼望。夜夜渡溪桥，愁如江上潮。

（以上选自《金陵月刊》1928 年第 1 卷第 1 期）

念奴娇

气吞朔漠，度幽燕、一片忠怀激烈。铁马金戈关塞远，觱篥声中霜月。白草黄沙，天上黑水，万里悲歌发。眼看胡虏，龙泉三尺如雪。　　日暮陇上羊归，云边雁落，魂绕汉宫阙。谁道中原无壮士，请看西风旄节。匕首秦庭、铁椎博浪，屠肆皆豪杰。伏波虽老，犹思报国心切。

扬州慢

花　樱

酥雨新晴，剪霞裁雾，浓春破睡寒轻。看浅红嫩绿，漾泪点盈盈。似消酒、娇容困软，丽华飞燕，未解逢迎。悄无言，立尽黄昏，听倦流莺。　　沈郎渐老，奈东风、唤醒幽情。记柳锁珠帘，花残蝶梦，人自飘零。三十六宫，烟草青青，忆旧恨难平。叹楼头夜月，更深犹照娉婷。

（以上选自《金陵月刊》1930 年第 2 卷第 2 期）

鹧鸪天

萧鼓声中画舫移。玉容消酒晚来飕。南塘莲子清如水，白下青山澹似眉。　　伤往事，对金卮。月明人醉独归迟。一帘花影沉沉夜，觉后情怀只自知。

蝶恋花

芳草连天迷远路。寸寸情丝，吐挂啼鹃树。欲尽柳绵飞不住。好风吹满湔裙处。　　莫遣此花经宿雨。化作浮萍，那得还为絮。三十六鳞空自去。断肠落日千山暮。

蝶恋花

玉真生日作

苦忆柔条攀折手。又是春来，应发庭前柳。作蕾寒梅风剪瘦。

相思细结如红豆。　　强忆闲愁还使酒。减尽情怀，只为分离久。梦断绿窗灯烬后。天涯此夕同回首。

烛影摇红

烽火惊心，锦官城里三年住。离人何许最关情，万里桥边路。莽莽乾坤回互。动悲笳、西山雪戍。荒江寥落，子美堂空，武侯祠古。　　电隙流光，繁红瓢尽啼鹃树。神京回首渺天涯，暝色风兼雨。庾信江南漫赋。泣春灯、寒蛩暗语。莫愁双桨，桃叶孤舟，梦魂能去。

河渎神

风旋舞灵衣。山精一脚来归。饥鸦绝叫绕枝飞。枭枭神弦是非。　　四野冥迷荒雾涩。幽花满地红湿。日暮潇潇雨急。城头啼豕人立。

（以上选自《斯文》1941 年第 1 卷第 17－18 期）

念奴娇

读　史

青磷如炬，散仍聚、风定山城飞越。夜气苍茫浮大壑，一片乾声嘶铁。后土无情，皇天不吊，泪尽肝肠热。沉沉幽隧，万人谁料同穴。　　不数秦政儒坑，武安杀谷，未是昆池劫。依旧酒旗歌板地，冷照中天明月。故鬼烦冤，新魂哀怨，啼鸟常啼血。万龄千代，江流还共呜咽。

金缕曲

送白匋

奔走空皮骨。记年时、归军星散，惊艘风掣。信美江山非吾土，虎踞龙盘虚设。望中隐、蓬莱宫阙。小驻汉皋逢旧侣，指蚕丛、同上西征辙。四载事，堪重说。　　客中送客魂先咽。酒边人、相看非故，惊呼肠热。珍重今宵须尽醉，共此天涯明月。且休问、金瓯完缺。万国兵戈神州泪，洒苍茫、更作无家别。江上竹，一时裂。

水龙吟

同磊霞登望乡台

万方多难登临，锦江自古伤心地。卧龙跃马，可怜黄土，山川犹是。日月如驰，肉生髀里，老将随至。论英雄唯有，使君与操，本初辈、胡足计。　　梁父吟成余恨，叹二分、益州疲弊。中原一发，非烟非雾，涨天兵气。大树飘零，寒风萧瑟，人间何世。倚霜秋、落日荒台旷望，迸哀时泪。

浣溪沙

和白匋兄发成都之作，并次其韵

凉满船窗浪影孤。思量巧笑画难如。垆边空有梦踟蹰。　　一树秋风烟自语，半江落日鸟相呼。知君离恨不能无。

浣溪沙

和白匋重过平羌峡之作，并次其韵。

沙觜江心今已移。孔囊惟有少陵诗。一钱留看莫相疑。原作有“盗风甚炽”之语，故云。　　浦雨杉风催艇急，渔村水市隔烟迷。寒禽飞去数声啼。

（以上选自《斯文》1942 年第 2 卷第 13 期）

何适（8首）

何适（1908—　），字宇恒，福建惠安人。毕业于国立北平大学，入法国南锡大学，获法学学士学位。有《官梅阁诗余》一卷，皆和唐宋词人韵。

西江月

福垣旅次，依溪堂韵

竹叶临窗弄个，寒蛩绕屋催更。异乡秋夜听吹笙。斗帐重添孤冷。　　几颗疏星隐现，一钩斜月昽明。荒鸡未晓叫声声。客梦无端惊醒。

浣溪沙

依次仲韵

架上酴醾半落英。檐牙雏燕已生成。怕闻春尽把樽倾。　　出水新荷擎翠盖，磨空古剑挂青萍。池塘树外一声莺。

踏莎行

次永叔韵

祖盏催残，征尘辗细。柳条萦作青丝辔。歧亭风笛一声声，马如龙也车如水。　　草绿将离，花红溅泪。春深再莫阑干倚。垂杨似旧送行人，翻娇舞翠斜阳外。

黄金缕

依常之韵

大好神皋荆棘遍。宝马香车，夜夜长开宴。画角楼台歌舞院。谁怜饿莩盈圻甸。　　赤日行天驱紫电。弹雨磺烟，构起空中战。残局楸枰柯已烂。那知劫后山河换。

玉楼春

次子京韵

春来紫陌风光好。水外天晴摇短棹。斜风杨柳起眠慵，细雨桃花波浪闹。　　香尘贴地游踪少。蝶解迎欢莺献笑。斜阳料是怨黄昏，霁雪殷勤回晚照。

虞美人

次后主韵

海棠昨夜花开了。遍地春阴少。一番冻雨一番风。争把余花摧落碧苔中。　　花经落尽枝还在。瞥眼芳辰改。阑干倚遍撒春愁。忍看飞花点点逐波流。

青玉案

次方回韵

斜阳人影西溪路。恨鹈鴂、催春去。狂蝶衔花香暗度。映窗残月，扑帘飞絮。总是消魂处。　　数声风笛离亭暮。怕听阳关三叠句。欲整归鞭天不许。那堪窗外，晚风时送，淅沥黄昏雨。

水龙吟

次东坡韵

浮花浪蕾飘残，葱茏古木擎天表。蝉声断续，鸟声啁哳，溪声缭绕。戏水文鸳，点波娇燕，倒飞斜袅。望东皋陌上，蜂沉蝶寂，梅黄落、莺稀少。　　村舍日长人静，草裳宽、竹襟轻小。蒲葵扇底，南风骤过，局棋方了。调冰树下，传花席侧，凉生松杪。看芙蓉沼里，荷圆似镜，水波澄晓。

（以上选自《官梅阁诗余》民国二十四年排印本）

雷崧生（2首）

雷崧生（1907—1986），字白韦，以字行，湖南长沙人。获国立中央大学法学学士学位、法国巴黎大学法学博士学位。历任驻法国南雪、法国巴黎、古巴夏湾拿总领事。后任台湾大学国际法教授。主要著作有《法国总统颁布命令权之研究》《国际法原理》《海洋法》《日内瓦法典》等。主要译著有《查拉杜斯屈拉如是说》《法律与国家》《国际公法之理论与现实》等。

桂枝香

扫叶楼

高楼似昔。对古木萧森，几多秋色。缥缈云遮燕蓟，风摇芦荻。才人老去今谁数，有新诗、遍题尘壁。一声清磬，三杯浊酒，诗魂愁寂。楼上有易实甫题诗。　　念季子、凄凉塞北。料白草黄沙，貂裘寒裂。为问箫心剑气，感怀何极。记曾啼笑风尘里，看当时醉墨犹湿。只今何似，天长水远，雁归帆急。

满江红

和喻慕韩韵

海国春还，莺乍啭、风苏万木。渐次第、醒花舒蕊，飞泉鸣玉。曲水垂杨浑似画，吟鞭舞袖偏难续。闹园林、蜂蝶惜韶光，相追逐。　　琴剑苦，泥涂辱。香火愿，蕉茅屋。负楚江鸥鹭，陶家松菊。社鼓惊残孤馆梦，戍楼听彻同心曲。尽淹留、百事亦何聊，原蕉鹿。同时作者有松阳蔡石瑜，其结句云："问何时笑掷旧儒冠，看秦鹿。"石瑜以二十四年三月客死巴黎，附及志哀。

（以上选自《词学季刊》第2卷第4期）

柳肇嘉（3首）

柳肇嘉（？—1962），字贡禾，号逸庐，江苏镇江人。两江师范学堂毕业，为名儒李瑞清、柳诒徵弟子。1949年后入稊园吟社，后任上海文史馆员，1962年病逝。工书画、诗词。著有《观海楼长短句》《江苏人文地理》等。

点绛唇

肠断前欢，故宫一夕秋风闭。年年铅泪。分付芦沟水。　　晞发荒江，烟浪愁无际。休重记。凤城歌吹。梦里春镫事。

鹧鸪天（二首）

乙丑初夏，诸生索题同学录，时又铮将军已宿草矣。

楼阁参差映绮霞。凤城春色漫天涯。乱莺啼晓花如海，飞絮濛濛一径斜。　　看舞剑，走香车。诗书哦罢话桑麻。绿肥红瘦人间换，眼底青山梦里家。

门巷愔愔宝马嘶。绿窗弦管谱新词。龙蛇幽梦思前事，花鸟多情引旧悲。　　今惜别，各分飞。长亭回首草萋萋。一鞭风絮腾云路，看遍江南柳万丝。

（以上选自《词学季刊》第3卷第3期）

钱仲联（5首）

钱仲联（1908—2003），原名萼孙，号梦苕，室名梦苕庵。江苏常熟人，祖籍浙江湖州。1926年毕业于无锡国学专修学校。历任上海大夏大学、无锡国专教授。新中国成立后，初在南京师范学院，后调江苏师范学院中文系。为《汉语大词典》编委、中国古代文学理论学会理事等。著有《鲍参军集注补》《吴梅村诗补笺》《梦苕庵诗存》等。

高阳台

读榆生后湖纪游之作，效颦继声。

钟阜分妍，蓬壶供黛，晴湖不放烟沉。秋色谁家，秋波临去难禁。桑枝苦盼回残照，只镜荷、已敛城阴。且消他，花赠将离，带绾同心。　　四年前此伤心地，有夜乌窥屋，春燕巢林。一霎东风，楼台弹指于今。明珰翠羽重收拾，奈落红、如梦难寻。剩招回，呵壁骚魂，泽畔行吟。

（选自《同声月刊》第 2 卷第 12 期）

台城路

二月初二，偕之硕、任戡买棹后湖，至台城种柳，之硕将乞剑老为图，余填此阕。

东风占了南朝路。春愁染腥如许。古堞干云，寒烟笼水，残柳不堪钩取。凭谁补树。算司马江潭，壮心都逝。犹盼成阴，满湖空翠上诗句。　　天涯几多俊侣。对盈盈一水，双桨能渡。谍马前生，藏乌异日，春倍还人休误。鸥边尔汝。除写入丹青，梦痕无据。欲去徘徊，数峰商略雨。

（选自《同声月刊》第 3 卷第 2 期）

卖花声

榆生园中观杏，已零落矣，榆生填此阕，邀同作。

窥宋讶东邻。人与花亲。万年一念入孤颦。色界天身无漏果，不昧前因。　　小劫转风轮。休唤真真。闹红梦已蜕仙尘。等愿化泥心未死，还贮芳春。

（选自《同声月刊》第3卷第4期）

鹧鸪天

十月十七日，桥西草堂作放翁生日。

团扇梅花拜喜神。草堂犹戴赵家春。未应塞上长城手，唤作焚香听雨人。　　南渡客，劫余身。更将何语告精魂。隆兴已是升平世，不见红桑簸海尘。

满江红

是日分韵得寿字

如此乾坤，当痛酹、精灵以酒。共依约、流人身世，红羊劫后。九域已符金狄谶，两宫谁折黄花寿。剩梦中、夜夜夺松亭，男儿手。　　家国事，沉吟久。天水碧，依然否。看河山信美，春非吾有。当日朝廷休恨小，画江吴蜀犹堪守。想魂兮、归策剑门驴，难回首。

（以上选自《同声月刊》第3卷第8期）

朱衣（5首）

朱衣（1908—1967），字居易，江西铅山人。曾任教于上饶中学、南昌中正大学、湖南师范学院等。著有《元剧俗语方言释例》《毛刻宋六十家词勘误》等。

洞仙歌

红　叶

江枫似血，对蓼花吹老。疏影翻光夕阳好。海棠枝、留得秋鸟娇啼，胭脂泪，洒遍西园秋草。　　晚霞流碧落，露染华桐，满院残红待人扫。惊雁数行底、互逐云飞，祝归雁、来时须早。正惆怅、宫沟少题诗，问归去文窗，恨添多少。

点绛唇

满目凄凉，平原漠漠伤心色。不堪回忆。数载他乡客。　　卜锦字鳞书，一去无端的。愁消息。秋风芦荻。夜雨声如泣。

鹧鸪天

咏　史

小白英才仲火谋。一区天下霸诸侯。薛滕争长空相累，洛蜀方兴未必休。　　蛮触战，几春秋。清淡误国是清流。古今世事原如梦，成败无非貉一丘。

解连环

腊　梅

凭栏遥瞩。看银光泻地，远山如簇。满庭中、金橘翩翻，伤柔梗弱条，怎遭霜雹。百卉凋零，但只有、此花幽独。任风吹雪打，傲骨经霜，更显芳郁。　　年华逝消太速。叹人生似梦，欢情难续。想去年、共话江南，记红日西斜，更添银烛。又见花开，暗香满、时来华屋。折一枝、伴花醉舞，羽夜六曲。

齐天乐

和梦窗“与江湖诸友泛湖”原韵

绿芜围绕春苔院，中庭叶残香换。日朗天清，风和人暖，何事偏逢春怨。流苏半卷。怅别后经年，那曾梦见。独步虚廊，软风迎面胜纨扇。　　将花难启笑靥。更无心再读，肠断诗卷。落絮飘扬，飞花乱舞，更值辨归春燕。屏山乍展。念点鬓吴霜，玉颜衰变。往事如尘，去年人更远。

（以上选自《暨大学生》创刊号）

胡坤达（2首）

胡坤达（1909—1960），字叔远，四川乐山人。燕京大学毕业，师事俞平伯。有《云梦词录》。

金缕曲

叠均再答星伯

咄咄书空耳。甚匆匆、西窗换了，斜阳如水。五十年来天不骏，销尽神州元气。待呵壁、问天知未。去日韶华吾不恨，恨书生、空袖平戎字。击楫事，阿谁继。　　杜鹃苦叫悲华意。莫凭阑、渐生春草，参差如此。目断燕云辽海路，金瓯而今缺矣。便纵有、雄心谁寄。耳热酒酣无限感，好江山、不管兴亡泪。怀此恨，浑难理。

如此江山

如此江山极可念也。乙亥元日声为此曲即用抒怀，碧山韵。

吞声乍看人间世，惨春顿惊云树。如此江山，悲哉候火，孤愤今朝难诉。荒荒碎雨。怪扑地胡尘，昆仑倾柱。北顾仓黄，渡江人暮更谁许。　　忧家忧国未是，九州看澒洞，来日风露。不断兴亡，等闲歌哭，催换梅花几度。楼头最苦。听鼓角声声，正迷平楚。无恙东风，又还牵弱缕。

（以上选自《词学季刊》第2卷第3期）

花景福（3首）

花景福（1909—1979），字病鹤、并葶、睫巢，晚号寐翁、东平老人，江苏常熟人。长期供职工商界，业余致力于校勘、考据。1949年后为常熟市政协委员。有《焦尾琴趣》《续三桥春游曲》《寐翁本事词》等。

摸鱼儿

咏昆山朱镜蓉女史事

颤西风、半林黄叶，怪他都被愁染。斜阳几树鸦飞急，寂寞谢家庭院。帘不卷。是旧日沉吟，悄试妆深浅。屏山泪点。叹镫影模糊，墨痕依约，景物顿悽换。　　齐眉案。惆怅难偿此愿。华堂犹奏丝管。迢迢五夜滞相思，谁惜玉郎寒暖。孤枕畔。问此际倩魂，可许重寻见。天长梦短。剩一幅生绡，低鬟欲语，双黛敛幽怨。

（选自《虞社》1932 年第 182－183 期）

南乡子

题王季和《淝津春眺图》

风卷浪花腥。无数江豚叫晚晴。如此山川聊极目，消凝。一派涛声总不平。　　往事梦觚棱。谁向新亭热泪倾。燕麦兔葵何限恨，悽清。说与鱼龙未解听。

（选自《虞社》1933 年第 191 期）

高阳台

湖上有感

困柳梳烟，流云褪月，空山暮雨才收。十万红灯，一时齐上兰舟。吴姬低唱同心曲，倚短桡、容与中流。尽句留。两岸楼台，尽挂帘钩。　　酒人渐各纷纷去，怅零筝短笛，且赋归休。寂寞湖波，稳眠剩有沙鸥。繁华过眼浑无据，细算来、总赚闲愁。懒回头。余火零星，犹照汀洲。

（选自《虞社》1933 年第 195 期）

罗时旸（6首）

罗时旸（1909—1974后），江西宜黄人。1949年后居中国台湾地区。

水龙吟

日暮登高丘作

可堪驰隙流光，暗催羁客心情老。登临纵目，碧峰环峙，沧波浩渺。冷角号风，断鸿将梦，倦怀多少。对平林暝霭，隔江渔火，凭谁识、英雄抱。　　休念当年风貌。凛琼霜、鬓华添了。虫喧废垒，鸦翻尘幕，孤城残照。不断惊飙，无边落木，和予悲啸。问汾阳何日，金戈铁马，把乾坤造。

小重山

秋夜不寐，感而赋此

玉漏声催降蜡残。凄风摇铁马，乍铿然。羁怀历乱未成眠。凭栏望，林外月娟娟。　　搔首恨无端。故山千万里，几时还。斗牛遥射剑光寒。兴亡事，九死不辞难。

金缕曲

寄　兄

海国悽凉地。夜沉沉、断鸿空外，数声嘹唳。倦枕寒生风灯暗，愁绝孤眠滋味。怅客路、飘零何事。伴月随云衰柳外。算年年、闲却姜家被。凝想处，恨无际。　　西风休念莼鲈美。任黏天、沧江浊浪，挂帆无计。梦里东坡风烟阻，剩有秋云堪寄。玉漏转、霜乌惊起。碎雨琅玕敲败箨，隔芸窗，勾引兰成泪。流不尽，如春水。

扬州慢

闻平津警报

飐垒蛮烟，挂谯颓日，西风吹怨空城。向铜驼巷陌，看燕麦纵横。漫回首、津门画戟，汉宫金粉，一例飘零。听霜天清角，红楼残梦都醒。　　朔方万里，又嘶过、胡马声声。甚抱叶寒蝉，盘江秋燕，犹惜浮生。楚客危栏凭遍，空怊怅、百叠山青。剩黄昏凄雨，和人挥泪新亭。

念奴娇

乙亥重九日作

朔风欺鬓，况重逢客里，登高时节。尽日征鸿啼四野，触绪平添悽绝。好梦难期，蓬山望断，雁讯经年阔。卷帘怕见，金英满地铺屑。　　那堪玉勒轻飞，短衣侧帽，独吊南山碣。待趁斜阳拼一醉，未饮柔肠先结。素手传杯，洪都旧事，莫问高楼月。夜深却听，谁家羌管哀咽。

浪淘沙

春寒，步大法兄韵

微雨黯孤灯。伴送残更。揾余清泪欲成冰。一枕春寒眠不得，愁绝兰成。　　帘外湿云生。天也无情。园林何日见新晴，孤负绿阴浓密处，杜宇声声。

（以上选自《语言文学专刊》1936 年第 1 卷第 1 期）

沈祖棻（30首）

沈祖棻（1909—1977），字子苾，别号紫曼，笔名苏珂、绛燕，生于苏州。祖籍浙江海盐，著名词人、诗人、文学家。民国二十五年（1936）毕业于金陵大学国学研究所。历任金陵大学、华西大学、江苏师范学院、南京师范学院、武汉大学教席，主讲诗词戏曲。抗战间避地西蜀，其时乔大壮、杨公庶于蜀地发起雍园词社，沈氏与吴白匋、乔大壮、汪东、唐圭璋、沈尹默和陈匪石等更相唱和，历时数载。著有《涉江词》《涉江诗词集》《微波辞》《唐人七绝诗浅释》《宋词赏析》等。

琐窗寒

照壁昏灯，敲窗乱雨，闭寒孤馆。离魂一缕，欲共药烟飘断。最凄凉、梦回漏残，影扶病骨衾重展。甚炉灰烛泪，消磨不尽，旧欢新怨。　　双燕。归来晚。更莫问当年，酒边春感。前游纵续，早是心情都换。任秦筝、零落雁行，赋愁渐觉如今懒。奈吹残、笛里梅花，极目江南远。

（选自《斯文》1941 年第 1 卷第 22 期）

宴清都

庚辰四月，余以腹中生瘤，自雅移蓉割治。未痊而医院午夜忽告失慎。仓皇奔命，几濒于危。千帆方由旅馆驰赴火场，四觅不获，逮晓始知余尚在。相见持泣，经过似梦，不可无词。

未了伤心语。回廊转，绿云深隔朱户。罗裀比雪，并刀似水，素纱轻护。凭教剪断柔肠割瘤时并去盲肠，剪不断、相思一缕。甚更仗、寸寸情丝，殷勤为系魂住。　　迷离梦回珠馆，谁扶病骨，愁认归路。烟横锦榭，霞飞画栋，劫灰红舞。长街月沉风急，翠袖薄、难禁夜露。喜晓窗、泪眼相看，搴帷乍遇。

（选自《斯文》1941 年第 1 卷第 23、24 期合刊本）

蝶恋花（二首）

塞迥洲荒何处住。南雁相逢，解道飘零苦。目断平芜来日路。

碧云四合山无数。　　欲仗江鱼传尺素。愁水愁风，还恐无凭据。已向天涯伤日暮。黄昏更送潇潇雨。

转毂轻雷肠九折。月逐征尘，夜夜清辉缺。落尽繁香春早歇。西风苦自吹黄叶。　　几曲屏山山万叠。翠幕金炉，此后应虚设。不惜流年供久别。归时可有余香爇。

临江仙（五首）

昨夜西风波乍急，故园霜叶辞枝。琼楼消息至今疑。不逢云外信，空绝月中梯。　　转尽轻雷车辙远，天涯独自行迟。临歧心事转凄迷。千山愁日暮，时有鹧鸪啼。

经乱关河生死别，悲笳吹断离情。朱楼从此隔重城。衫痕新旧泪，柳色短长亭。　　明日征程君莫问，丁宁双燕无凭。飘零水驿一星镫。江空菰叶怨，舷外雨冥冥。

一棹蒹葭初舣处，依前镫火高城。水风吹袂酒初醒。镜中残黛绿，梦外故山青。　　月堕汉皋留不得，更愁明日阴晴。涉江兰芷亦飘零。凄凉湘瑟怨，掩泪独来听。

画舫春镫桃叶渡，秦淮旧事难论。斜阳故国易销魂。露盘空贮泪，锦瑟暗生尘。　　消尽蓼香留月小，苦辛相待千春。当年轻怨总成恩。天涯芳草遍，第一忆王孙。

寂寂珠帘春去也，燕梁落尽香泥。经年归梦总迷离。抛残镂玉枕，空惜缕金衣。　　乔木荒凉烟水隔，杜鹃何苦频啼。凤城几度误心期。凭阑无限意，肠断日西时。

浣溪沙（三首）

一别巴山棹更西。漫凭江水问归期。渐行渐远向天涯。　词赋招魂风雨夜，关山扶病乱离时。入秋心事绝凄其。

久病长愁损旧眉。低徊鸾镜不成悲。小鬟多事话年时。　剩水残山供怅望，旧欢新怨费沉思。更无双泪为君垂。

家住吴门饮马桥。远山如黛水如膏。妆楼零落凤皇翘。　药盏经年愁渐惯，吟笺遣病骨同销。轻寒恻恻上帘腰。

烛影摇红

唤醒离魂，熏炉枕障相思处。漏惊轻梦不成云，散入茶烟缕。密约鸾钗又误。背罗帏、前欢忍数。烛花吹泪，篆字回肠，相怜情苦。　题遍新词，问谁解唱伤心句。阑干四面下重帘，不断愁来路。将病留春共住。更山楼、风翻暗雨。归期休卜，过了清明，韶华迟暮。

浪淘沙慢

断肠处，楼头柳色，陌上车辙。残篆和灰再拨。吟笺卷泪自叠。待赠与连环情不绝。又还恐、轻碎成玦。剩欲托微波向君诉，沉沉暮天阔。　凄切。素弦未弄先折。便一片春江，流愁去、更奈江水咽。拼挽断罗巾，从此离别。旧香未灭。偏系人鸾带，当时双结。休忆江南芳菲节。阑干外、月华渐缺。念前约、相思销病骨。怕春晚、寂寞空庭，伴独客，梨花满地鹃啼血。

双双燕

白匋寄示新制燕词，谓有华屋山丘之感，依调奉和。

海天倦羽，又苔井泥香，柳花如洒。红英落尽，忍忆故台芳榭。深巷斜阳欲下。更莫说、当时王谢。寻常百姓人家，一例空梁残瓦。　　聊借。风檐絮话。甚信息沉沉，绣帘慵挂。移巢难稳，是处雨昏寒乍。无奈乡愁苦惹。枉盼断、年年春社。朱户有日双归，却恐岁华迟也。

苏幕遮

短檠前，微雨外。欹枕熏炉，都换年时意。欲仗清歌成薄醉。梦断高楼，旧日笙箫地。　　翠尊空，哀角起。零落朱阑，休为伤春倚。一点愁心无处寄。付与杨花，洒作弥天泪。

燕山亭

花外残寒，垂下画帘，尽日丝丝风雨。才道这回，遣得愁心，又被两眉留住。篆字成灰，费多少、沉香烟缕。无据。漫记取书中，那时言语。　　浑懒伤别伤春，任双燕梁间，暂来还去。山长水远，忍忆当年，江南旧逢君处。忘却相思，犹梦见、坠欢如故。何苦。连梦也、不如休做。

水龙吟

与千帆共检行箧，得旧日往返书简数百通。离乱经年，欢悰都尽，因将绮语悉付摧烧，纪之以词云尔。

几年尘箧重开，古芸尚护相思字。钗盟钿约，此中多少，故欢清泪。学写鸳鸯，暗瞒鹦䳇，封题犹记。更飘镫隔雨，吟笺小叠，凭商略、游春意。　　惆怅玉炉红起。搅三生、梦痕都碎。传恩递怨，风怀渐老，柔情漫费。烟袅残丝，灰温剩火，旧愁销未。算从今、但有平安一语，倩飞鸿寄。

西　河

天尽处。残雅数点归去。遥峰隐约隔渔村，淡烟一缕。莫将摇落问西风，秋声偏在疏树。　　曲廊外，黄叶路。独吟著甚情绪。新寒乍到小阑干，晚阴做雨。四山暝色拥孤楼，苍茫愁满今古。　　远书漫道过雁误。想萧条、人事非故。听彻严城笳鼓。向黄昏、片霎凭高凝伫。飘渺神京重云暮。

八声甘州

正寒潮乍落晚江空，危阑又孤凭。问斜阳哀角，西风残叶，多少秋声。错怨春来柳絮，宛转化流萍。一片芦花雪，依旧飘零。　　有限荒烟衰草，恼乱蛩絮语，倦客愁听。剩扁舟心事，重与白鸥盟。怕归时、烟波非故，早断烽、青燐换渔镫。销凝处、洒伤高泪，还在新亭。

浣溪沙（二首）

满目青芜岁不芳。啼鹃听惯也寻常。而今难得是回肠。　　燕子帘栊春畹晚，梨花院落月微茫。人间何处著思量。

忍道江南易断肠。月天花海当愁乡。别来无泪湿流光。　　红烛楼心春压酒，碧梧庭角雨飘凉。不成相忆但相忘。

渡江云

壬午春寄红妹海上，时闻有入蜀之意

胡尘迷故国，失行旅雁，难觅旧田庐。转蓬踪不定，极目层云，海上一楼孤。新声玉树，更此日、歌舞都殊。争忍听、雪盐香稻，余恨到春厨。　　音书。三年万劫，一纸千金，望飞鸿何处。怜别后、朱颜暗换，吴语生疏。相思却怕相逢近，况客情、不比当初。愁问讯、高堂白发添无。

蝶恋花

楼外重云遮碧树。山上鹃啼，山下流人住。别泪濛濛知几许。夜来寒雨朝来雾。　　漫问荒烟家在否。犹望生还，重到江南路。飞尽杨花春又暮。沉吟忍信归期误。

过秦楼

病中寄千帆成都

病枕偎愁，烛帏扶影，几日药炉谁管。穿风败壁，破梦昏镫，一夜拥衾千转。更永月暗高楼，山鬼窥窗，野蚊萦扇。但朦胧向晓，归期重数，去程犹远。　　休更忆、赌酒迟眠，伤春慵起，便觉画眉浑懒。浆倾酪碗，香满橙杯，俊侣紫骝来惯。还念空帘，此时衣桁尘侵，茶铛烟断。况新方未检，门掩青苔静院。

临江仙

小阁疏帘风恻恻，客窗几日寒深。斜阳容易变轻阴。江山成怅望，杯酒怯登临。　　无益相思无用泪，当时苦费沉吟。闲愁何处可追寻。秋镫千点雨，春梦十年心。

浣溪沙

蠹纸经年句懒赓。春风秋月掩重扃。人间犹有未亡情。　　莲子枉教裁作藕，柳花何惜化为萍。不成沉醉更难醒。

祝英台近

候红桥，探碧渚。芳约记前度。春意如花，香委旧游处。可怜纵有并刀，愁丝难剪，系多少、幽欢私语。　　此情苦。长夜深锁重门，离魂沐风雨。泪作珠镫，持照梦中路。甚时帘底凝眸，相思潮汐，待都付、眼波低诉。

拜星月慢

旧迹迷尘，新愁萦雾，柳陌花蹊行遍。浅叶繁枝，早浓阴都换。记前度，俊赏、春波碧草池阁，暖日幽香亭馆。一夕西风，便欢悰吹散。　　算谁知、再到蔷薇苑。低徊怕、蓦地回廊见。漫想笑语逢迎，奈琴心先变。有芳期、已是游情倦。难忘处、更觅当年燕。又怎得、还似春前，说相思幽怨。

解连环

和清真

此情谁托。嗟山河咫尺，两心悠邈。便也拟、低诉深悲，奈新雁渺茫，晚风轻薄。月冷西楼，自消受、一怀离索。叹相思几日，病骨暗销，懒检灵药。　　当时赠君蕙若。记花开陌上，春在阑角。待细理、缃帙芸签，剩零梦残欢，只道忘却。偶拂尘鸾，甚未展、双眉愁萼。尽凄凉、背人对面，总羞泪落。

（以上选自《涉江词》，《雍园词钞》民国三十五年排印本）

万云骏（24首）

万云骏（1910—1994），字西笑，别号网珠。江苏南汇（今属上海）人。毕业于光华大学国文系，师从吴梅。历任光华大学、华东师范大学教授，《词学》编委。有《诗词曲论稿》《诗词曲选析》《西笑诗词存稿》等。

清平乐（三首）

和小山

绿娇红小。争奈飘零早。竟日相思愁里老。长负一年春好。青骢儿语归期。关山鱼雁迟迟。无限伤心谁解，灯前写就香词。

霜蛩知意。故叫人心碎。一寸柔肠多少事。纵有锦书谁寄。别来慵理丝桐。沉思旧约朦胧。一角屏山天远，梦回残笛声中。

韶华难住。啼鴂催归去。新绿暗遮楼外路。目断天涯何处。垂杨娇眼舒青。倦拈绣笔题情。飞絮落花春晚，阑干露湿还凭。

（以上选自《虞社》1929 年第 158 期）

菩萨蛮（四首）

无　题

沉沉画阁飘香炧。玲珑月影窥窗罅。梦逐柳花轻。东风长短亭。　玉关音信隔。芳草萋萋碧。山枕隐啼痕。昭阳春复春。

晓寒料峭胡衫薄。牡丹谢后东风恶。芳草碧如烟。江城三月天。　凭高劳远目。魂断青溪曲。春色在桃花。燕儿还旧家。

千花百草芳菲节。东门饮罢征鞍发。曾记别伊时。手攀杨柳枝。　天涯魂梦杳。倦客长安道。枫叶寂寥红。关山斜照中。

严城画角声初动。罗衾怕藉余寒拥。窗外月婵娟。今宵和梦圆。　　小山眉黛色。欲妒双娥碧。香冷要重温。无言肠断频。

（以上选自《虞社》1930 年第 160 期）

夜游宫

和梦窗

一梦江南路杳。午醒困、小窗初觉。似酒浓愁醉昏晓。别离来，沈郎腰，惊换了。　　绿柳飞绵早。溯飘零、当时年少。幽恨除非燕能道。小堂深，落花稀，春渐老。

醉春风

和东山

几簇庭花秀。啼妆经雨后。天涯何事不归来，候。候。候。灯下封书，镜前裁锦，一双纤手。　　碧砌仍如旧。帘钩搴翠袖。倚阑无奈别情多，瘦。瘦。瘦。眠雨伤春，堕绵吹泪，道旁垂柳。

（以上选自《虞社》1930 年第 161 期）

满江红

寒鸦，六一社社作

千点盘秋，望驿路、苍苍正遥。天涯思、共怜迟暮，孤客飘萧。惯向谯楼啼落日，时投枯树觅荒巢。问故关、淹滞几西风，双翅凋。　　唐宫怨，无泪抛。旧团扇，锁尘寮。甚白头悽诉，百感难消。莫笑垂杨终古守，玉关霜影久迢迢。又半空、回阵压营门，刁斗高。

（选自《虞社》1930 年第 164 期）

浣溪沙（二首）

秋　感

朱箔银屏费梦寻。落花如雪画堂深。细思前事暗霑襟。　　红烛滴残他日泪，玉箫吹入去年心。一春旧恨付沉吟。

冷露无声暗湿衣。云罗一雁正南飞。衡皋望断信应稀。　　久病已如秋瘦损，诉愁尚想燕因依。红楼梦里不成归。

梦江南（四首）

寻旧梦，凉月可怜宵。斜日半亭花气暖，春风千树鸟声娇。人倚木兰桡。

分手地，烟柳不胜情。江燕偎人犹惜别，杨花堕地亦吞声。迢递短长亭。

终古恨，独坐泪阑干。天上应悲春畹晚，人间怕见月团栾。除梦续余欢。

成独客，仗酒破深愁。卧雨枯杨还起舞，吹风落叶最知秋。扶病一登楼。

（以上选自《光华大学半月刊》1934年第3卷第4期）

八　归

读《彊村语业》有感，依白石四声

飘萍寄旅，离云乡国，韶景逝水顿歇。吴笺黯淡年时泪，还恨冶情都散，绮怀难说。旧日京华寻梦地，问几换铜街华月。谱短曲、莫话开天，往事总凄绝。　　如画楼台过眼，飘萧蓬鬓，拚恁经年离别。两潮哀语，四弦繁响，尽作西风呜咽。想芳游意倦，怎得孤凭画阑热。知垂老，料量杯斝，望断觚棱，囊诗销艳骨。

绮寮怨

依清真四声

眠底江山如画，市帘楼外青。望九陌、路转铜街，黄尘起、半蔽春城。繁华匆匆易歇，登临怕、晚色阴更晴。叹倦游、赋别经年，瞢腾里、泪湿衫袖盈。　　怅念漫寻坠盟。啼莺诉处，飘萍恨事谁听。断续闲情。且分付、与秦筝。东风惯吹狂絮，渐暗满、旧长亭。伤怀步兵。银罂但自泛、拚醉醒。

莺啼序

近感呈霜厓师，依梦窗四声

花开易成瘦减，倚筝弦梦语。绛纱掩、屏曲愔愔，近日芳信无据。峭寒在、吴笺倦擘，河梁尽是伤心句。叹飘零、萍梗三生，旧盟轻误。　　别后西堂，事影半往，念芳菲前度。黛眉敛、悽结相思，绮情曾共啼诉。浅尊空、青衫暗湿，短歌阕、残红犹舞。甚楼台，回首斜阳，总悲风絮。　　新亭泪点，故国沧桑，冶游换倦旅。笛里恨、十年吹破，逝水难挽，须发飘萧，几多离苦。天高漫问，愁多难寄，蘅皋望断情何极，最无端、一霎春光暮。关山满目，空吟艳骨黄沙，怨别忍问终古。　　临花岸帻，九陌嘶听，散凤城俊侣。奈惨黯、铜驼巷陌，自起烟尘，紫燕空归，画阑谁主。流莺缥缈，中宵孤啭，江山金粉无复剩，对灯花、频卜君知否。天涯芳草年年，浪迹江关，翠腔自谱。

（以上选自《光华大学半月刊》1935 年第 3 卷第 8 期）

长亭怨慢

早凋尽、兰茎词句。有泪难消，客中羁绪。缥渺鹃声，为谁啼到旧庭宇。陌头芳草，还绿遍、长亭路。故国好春光，自话别、飘零如许。　　日暮。望芳堤不是，只是斜阳千树。楼台梦里，甚佳约、十年轻误。试说与、劫后春莺，又赢得、新愁成缕。但独倚河桥，撩眼飞花狂舞。

（选自《海光》1935 年第 7 卷第 3 期）

洞仙歌

秋光到眼，正离怀难赋。零落残枫竟如许。算何人识我、悄立斜阳，还恋着，旧日阑干红处。　　西堂寻梦地，败壁凝尘，留得年时断肠句。画里好楼台、春已无踪，更休问、惜春游侣。又蹀蹬、虚廊近黄昏，要独领清寒、满天风露。

减字木兰花（二首）

客怀难道。倦眼看秋秋渐老。位置吟身。录曲屏山画里春。阑宵坚坐。多谢寒灯能伴我。欲诉闲愁。残月无言又下楼。

青衫憔悴。剩涴伤春千点泪。料理清狂。闲对茶烟袅袅长。单衾倦拥。醒后朦胧寻断梦。绕遍阑干。翠袖西风独自寒。

（以上选自《光华年刊》1936 年第 11 期）

最高楼

深馆夕，孤客发悲歌。佳节等闲过。年华弹指悲秦柱，江关漂泪满吴波。鬓成丝，还不惜，再消磨。　　声缥缈、长空胡雁咽。光黯淡、虚帷灯影灭。人独坐，奈情何。登楼心事随天暝，入秋雨势此愁多。卧沧洲，余倦眼，一摩挲。

（选自《光华年刊》1939 年第 14 期）

谢稚柳（1首）

谢稚柳（1910—1997），原名稚，字稚柳，后以字行，晚号壮暮翁，斋名烟江楼、鱼饮溪堂等。江苏常州人。早年从名儒钱名山治经史诗文，兼习国画。曾任中央大学艺术系教授，后与张大千赴敦煌研究石窟艺术。1949年后任上海文联秘书长、上海文管会副主席、上海博物馆顾问等职。有《敦煌艺术叙录》《壮暮堂诗词集》等。

双双燕

芙蓉谢后作

碧云无数，又抛尽珍珠，田田摇漾。微波何处，三十六陂寒涨。一例风裳无恙。怎误了、鸳鸯两两。相思别后凌波，烟锁瑶池怅望。　　淡荡。遥天莽苍。总翠减红衰，休夸十丈。南塘草绿，听断笙歌寥亮。甚事灵修俊爽。又独自、背人悽怆。谁遣几日生疏，未了清狂惆怅。

（选自《联益之友》1928年第95期）

章柱（14首）

章柱（1910—1990），后改名章石承，号澄心词客，江苏海安（今属南通市）人。早年就读于上海暨南大学外文系，在中文系选修中国古典文学。后留学于日本东京帝国大学。抗日战争爆发，回到家乡创办成达中学，又受聘于无锡国学专修学校。与龙榆生有交往，其《藕香馆词》中有与龙氏的唱和作品。龙榆生在序中对其评价颇高，云："温馨绵丽，有纳兰容若之遗风。"又云："其词之缠绵凄怨，益进于婉约之域，淮海后人当之无愧矣。"

苏幕遮

雨丝丝，烟漠漠。依旧轻寒，依旧轻寒著。一枕茶香新睡觉。倚遍栏杆，倚遍栏杆角。　　客愁浓，杯酒薄。况是春归，况是春归却。燕子不来花已落。误了秋千，误了秋千约。

浪淘沙

战后秋感

桐叶报新寒。宿雨初干。几回惆怅倚栏杆。残照西风荒径冷，劫后溪山。　　衰草蔽空坛。败瓦颓垣。旧俦零落梦阑珊。又是笙歌连苑起，杯酒狂欢。

临江仙

离　情

宝鸭香浓烟细袅，珠帘低卷凉初。碧天如水片云无。相逢情缱绻，惜别泪模糊。　　杯酒浇愁愁转炽，新来宽褪罗襦。纸窗残月一灯孤。路长千里梦，人远数行书。

忆秦娥

秋感，用太白韵

寒蛩咽。孤灯不碍疏帘月。疏帘月。清辉依旧，照人离别。　　霜林摇落深秋节。西风塞外笳声绝。笳声绝。玉关何处，梦迷烟阙。

更漏子

不　寐

锦衾单，红烛灭。凉浸半帘斜月。撩别绪，乱离愁。西风心上秋。　　笼坏堞。飘残叶。满地霜华如雪。征雁唳，暗蛩鸣。夜长欹枕听。

水调歌头

丧乱几时已，劫火蔽长天。愁看东鲁西蜀，征戍自年年。又报边城鹤唳，弹雨枪林无际，血溅战袍寒。北顾思燕蓟，危在睫眉间。　　酒怀阔，春思稳，拥衾眠。雄关断送，将军甲帐梦初圆。坐待江山破碎，一任师徒崩溃，忍辱可求全。缺月悬残夜，凄冷剩婵娟。

石州慢

塞外步榆生师“壬申重九后一日过彊村丈吴门寓居”原韵，依东山体。

黑水凝冰，红树映袍，边骑冲雪。声声晚角吹寒，满眼密林飘瞥。英雄几辈，竟葬古堰荒丘，丹忱灵爽宁消歇。无计赎江山，泣波涛凄咽。　　愁绝。冻云遮岭，零雨飘腥，吊亡伤别。笳管悲凉，苦向心头撩拨。白狼河畔，夜有怒马长嘶，征衣碧染仇雠血。穷塞战尘酣，锁苍烟残月。

浣溪沙

旅　雁

苦向江湖觅稻粱。碧天斜影字双双。冲寒千里下衡阳。　　紫塞烟青征鼓急，金门月黑暮笳凉。一声啼破五更霜。

天　香

榆师以所制梅花词见示，格高意远，读之为怅然者累日。谨依梦窗韵呈教。

素质凝冰，愁妆照水，东风作弄清峭。浅黛轻匀，浓香细染，点缀枝头娇小。妒花暗雨，偏着意、摧残何早。翠袖寒添薄晕，缟衣梦回纤巧。　　横斜绮窗到晓。淡无言、寸怀多少。一任蜂狂蝶舞，雪欺春闹。犹是孤芳袅袅。又净洗、铅华合终老。月地云阶，江南讯杳。

水龙吟

北　望

彻天遮满胡尘，版图误送伧夫手。东流黑水，西回松岭，一般依旧。羌笛声中，夕阳影里，不堪回首。况侵凌无已，河山有限，还能供、几分剖。　　太息艰辛谁负。但仓皇、曳兵而走。孤城落日，苍茫万里，腥风怒吼。酣梦初醒，闲情顿杳，佳时难又。剩如今北望，两行老泪，湿青衫透。

扫花游

钱春，和榆师虎丘饯春，用清真韵

一年好事，又杜宇声声，怨啼凄楚。柳飘弱缕。自东风过后，瘦腰怯舞。野水无言，寂寞黄梅细雨。陌头去。问燕子可知，春到何处。　　佳日能几许。剩絮点溪桥，花飞村路。泪珠滴俎。听流莺悄语，似怜幽素。两盏三杯，未饮心酸意苦。独延伫。晚霞明、草深蛙鼓。

金缕曲

初　夏

绿树流莺语。似声声、埋怨春光，等闲归去。落尽荼蘼余香冷，寂寞板桥西路。只两岸、垂杨低舞。花谢花开都不管，但轻轻、飘坠枝头絮。清阴密，已如许。　　困人天气添愁绪。更那堪、旧时燕子，而今何处。闲煞秋千庭院里，几点黄梅疏雨。门半掩、残红无数。已是恹恹常病酒，更朝来、听彻鹃啼苦。条风暖，独凝伫。

西　河

虎丘怀古，和清真

游冶地。中吴旧事犹记。孤城日落暮笳凉，乱鸦四起。阖闾霸业尽成灰，西风吹恨无际。　　曲栏畔，和梦倚。碧云冉冉难系。空余衰草泣寒蛩，颓垣废垒。莫寻野老话兴亡，迷离惟看烟水。　　乱山寂寞去远市。卧牛羊、高冢蒿里。商女不知时世。尚金尊檀板，珠喉相对。如度生涯升平里。

鹧鸪天

淡淡云罗淡淡风。春寒犹是者般浓。花梢红到轻烟外，草脚青回细雨中。　　香雾湿，碧苔封。柳条低拂画栏东。旧时燕子知何处，惆怅珠帘第几重。

（以上选自《藕香馆词》民国三十年排印本）

何嘉（16首）

何嘉（1911—1990），字之硕，笔名沙飞、之硕。江苏嘉定（今属上海）人。曾任中央大学教授、南方大学教务长等。能诗词，兼擅书画章草。有《词调溯源笺》《和阳春集》等。

归国谣

崇效寺牡丹

春丽。满院翠交红雾翳。玉尊枝畔相对。感时花溅泪。　　欲遣绮怀无计。梵王教忏慧。旧愁难并花瘗。梦痕轻莫系。

荷叶杯

极乐寺海棠

侧帽宫墙春暮。吹雨。萧寺隔红尘。一丛芳意淡吟魂。寂寞看花人。　　弄幻仙云飞阙。清绝。疏影立亭亭。夜阑应怯嫩寒生。凉露湿朱棂。

卜算子（四首）

疏雨过莲汀，云隙凉蟾吐。数点痴萤照靥羞，悄立娇无语。翠盖舞风轻，莫惹杨枝妒。一阵西风飒飒来，乱入红香去。

水阁理瑶筝，惊起双鸳睡。簌簌明珠走露盘，几颗和香坠。绿暗石阑干，红润秋罗绮。午梦初醒卷碧帘，芳气熏人醉。

昼舸趁明霞，髟柳蝉吟乱。波泛兰桡唱藕丝，鸥梦迷莎岸。碧玉露华滋，堕影仙云幻。鼓瑟湘灵揾泪痕，秋思斜阳绾。

旧梦落沧洲，叶暗蘅皋暮。水调新翻玉笛凉，残梗惊秋雨。一棹涉空江，零落天涯路。行过横塘第几桥，缟袂知何处。

绿盖舞风轻

秋莲，用映盦师韵

落叶透秋声，爽送莲塘，清商助诗思。罗袂红销，云鬟应怯露，密约谁递。槛角霞明，皱澄澜去、凉烟惊坠。映琼姿，吊影婷婷，魂淡秋水。　　愁倚。夕照亭西，旧赏在沧浪，笛攧花底。翠浥冰绡，正盘珠、滴历泻翻香腻。唱晚哀蝉，曳残弄、桐阴门闭。漏初移，长恨遣怀无计。

玉京谣

吴湖帆先生德配潘静淑女士，词章、丹青卓然名家。今夏忽微疾仙逝，吴君哀痛逾恒，以夫人名句“绿遍池塘草”绘图征题，赋此以应。

绿遍池塘草，怅伫天涯，梦浅无寻处。满眼凄迷，窗纱还闷烟语。叹乱后、千里平芜，定隔断、吹笙仙路。愁云里。瑶台晓入，招魂何许。　　怜他鬓点吴霜，一夕惊添，料镜中怕数。尘劫何堪，遗词留认名句。溯旧盟、梅景依稀，暗泪染、越罗金缕。残更鼓。空怨夜分风雨。

霜叶飞

己卯重九，湖帆、榆生二先生招饮，并拈此调为社课，怅触感赋。

雁天霜羽。轻烟外，昏钟遥度寒溆。乱霞层起照荒台，都在斜阳处。误一抹、山痕绕树。年时呼唤携筇去。帐驻笛危亭，冷梦落、吴皋试遣，入秋情绪。　　因叹故国萧骚，微沤身世，忍续凄怨箫谱。饱霜花影淡忘言，胜赏知何许。感寂寞天涯倦旅。登临空有哀时句。漫共凭、阑干畔，水阁深寒，夜蛩啼雨。

垂丝钓

鹤亭丈谓此调换头第一句宜叶韵，兹从之。

柳烟做暝。轻衫还试春冷。照水露桃，娇弹清影。风未定。伫梦程远岭。游尘骋。绾芳池翠荇。　　燕催莺请。朱楼人醉初醒。坠钗漫整。花下伤流景。心事孤云迥。愁思永。绕乱丝断梗。

雪梅香

染寒碧，阑干一折隐斜廊。揽西山晴黛，开奁秀色当窗。桃粉匀朱奈轻薄，李华融白总输香。更谁及，瘦影清姿，孤抱幽芳。　　宵长。小帘上，蜡炬停烟，映照明珰。悄立瑶阶，漫怜带怯冰霜。解恨无人听横笛，结愁残梦落回塘。楼台畔，舞尽飞花，思绪茫茫。

（以上选自《午社词》民国二十九年排印本）

瑞云浓

题《林讱庵学使填词图》

湖山信美，闲情都为愁绾，晞发年年楚天远。行歌麦秀，叹隔世、斜阳轻换。小隐水云乡，又盟鸥结伴。　　烟霭平林，空付与、伤时倦眼。百涩词心更谁遣。梦华追忆，况酒畔、旧人星散。忍赋骚兰，醉魂待唤。

醉桃源

拟冯正中

谁家玉笛小楼东。天寒夜露浓。回廊消受落花风。春来心力慵。　　香袅绕，玉琤琮。蓬山咫尺通。修眉低敛鬓云松。乱莺残梦中。

芰荷香

暝烟飞。惹游丝飏碧，莫罥斜晖。怯衣人倦，画楼却送春归。卷帘迎燕，问陌头、花事都非。凝睇处、绿遍天涯。朱樱荐酒，负了芳期。　　院落沉沉麝雾，叹韶光容易，开到荼蘼。斗腰高柳，舞绵争逐萦丝。夜阑芳砌，应有人、分影低徊。邻笛咽、弄晚轻霏。惊尘逗梦，梦也迷离。

（以上选自《同声月刊》第 1 卷第 4 期）

一萼红

重过秦园，和白石老仙

薜墙阴。认苍苔旧径，箭密碍斜簪。泻玉波柔，溅香雨细，乍寒人意沉沉。故园改、芳时亭榭，剩多情、犹有啭枝禽。翠墨留题，朱阑闲倚，百感凭临。　　依约前游梦影，似春云皱幻，恼乱词心。锦瑟华年，江关丝鬓，尊边余忆堪寻。更何计、东山卧稳，换功名、腰印铸黄金。莫遣啼鹃催老，且劝杯深。

渡江云

题高君《秋怀集》，用遐庵丈韵

寥天看又暝，危楼一角，驻我岁寒心。壮怀消逝水，远楚凄迷，鸦外暮云深。沧江老卧，剩付与、侧帽低吟。漫问讯、盟鸥闲侣，清籁动商音。　　愁寻。埋忧烟径，吊梦荒亭，算秋期能准。重记省、筝尘坠恨，酒晕疏襟。哀时几费伤高泪，绕斜廊、林木萧森。沉寂意、骚魂入夜愔愔。

（以上选自《同声月刊》第2卷第2期）

孔宪铨（2首）

孔宪铨（1911—1964），自号北涯，广西蒙山人。中山大学毕业，龙榆生弟子。有《北涯词》。

扬州慢

闻平津警报

渤海澄泓，燕台耸矗，东风吹落斜阳。荡荒烟万里，怪几度沧桑。又眼底、胡尘扑地，遥天唳鹤，掠过寒窗。尽凄迷，衰草高丘，愁对茫茫。　　谁为李广，算而今、金剑无光。怕晓角声酸，渡江情苦，难禁凄凉。暗抚头颅仍在，惊新梦、轻负清狂。怅悲风未了，年年几度飞霜。

更漏子

不　寐

露华明，银汉淡。妒梦小蟾如憨。惊曲院，逗行旌。断鸿三两声。　　天边月。清光澈。长是才圆又缺。灯穗暗，镜台空。将愁诉冷蛩。

（以上选自《词学季刊》第3卷第1期）

冼得霖（2首）

冼得霖（1911—1977），字号不详，1977年后用笔名林逢雨，广东南海人。1924年就读于南海中学，1932年毕业于广东法学院，1932至1938年任教于南海中学，后任教于岭南大学、文昌中学。诗文下笔立就，磊落豪纵如其人，书法亦秀健可喜（见《颂斋书画小记》）。曾任广州荔苑诗社主编。与从姊冼玉清、内人陈植仪俱工词，夫妇合著《双璧集》，另有《诗词评赏》两部。

念奴娇

春　柳

嫩条烟暖，映清波、拂起闲愁千斛。眉样浅深何特画，应是三眠已足。红袖香飘，翠楼倦倚，少妇伤春目。天涯词客，一般心事枨触。　　堪叹张绪丰标，年华都渐去，平添尘浊。飞到江城，今夜笛、忍折婆娑新绿。青眼销魂，舞妆绝世，向我怜幽独。晓风残月，此情谁嗣芳躅。

金缕曲

丁亥中秋前夕玩月

容易秋风矣。且放怀、他乡此夕，冰轮无翳。解得将圆情更好，今古晶莹犹是。问夙志、凌云酬未。往日山川多妩丽，只如今、怕照蓬蒿里。愁怎涤，掷杯起。　　浩歌弄影孤襟寄。叹盐车、十年长坂，空夸千里。应被嫦娥偷笑我，不尽污尘触鼻。依旧一劳人而已。缥缈紫箫吹彻处，喜声传、雅调来知己。楼外月，挂松臂。

（以上选自《南国》1949 年第 2 期）

翟兆复（2首）

翟兆复（1911? —2003 后），女，广东惠阳人。中山大学毕业，龙榆生弟子，1949 年后为广东文史馆馆员。

小重山

淅淅萧萧竹打墙。愁深怜梦短、夜偏长。问谁踯躅曲栏旁。怀幽恨、起步月流霜。　　家国两凄惶。高堂生白发、结中肠。羞看珠泪灿寒光。儿女态、负我志轩昂。

鹧鸪天

为避斜风户不开。无聊重把绮窗推。灯前沉水摇烟弱，帘外轻寒挟雨来。　　人语歇，漏声催。才舒衾枕又徘徊。生愁今夜游仙梦，未到瀛州被唤回。

（以上选自《词学季刊》第3卷第1期）

朱生豪（3首）

朱生豪（1912—1944），原名朱文森，又名文生，笔名朱生。浙江嘉兴人。毕业于之江大学。曾在上海世界书局任英文编辑，参加《英汉四用辞典》的编纂工作并创作诗歌。以翻译莎士比亚戏剧著名。有未刊稿《芳草词撷》。

满江红

用任、彭二子元韵

孤馆春寒，萧索煞、当年张绪。漫怅望、云鬟玉臂，清辉何许。碎瓦堆中乡梦断，牛羊下处旌旗暮。更几番、灯火忆江南，听残雨。　　屈原是，陶潜否。思欲叩，天阍诉。慨蜂虿盈野，龙蛇遍土。花落休吟游子恨，酒阑掷笔芜城赋。望横空、鹰隼忽飞来，又飞去。

水调歌头

酬清如四川，仍用元韵

西北有高楼，飞桷接危穹。有人楼上伫立，日暮杜鹃风。回首神京旧路，怅望故园何处，举世几英雄。骋意须长剑，梦想建奇功。　　花事谢，莺歌歇，酒尊空。旧日雕栏玉砌，狐兔窜枯松。为问昔盟鸥侣，湖上小腰杨柳，可与去年同。一片锦江水，明月为谁容。

高阳台

和清如，用玉田韵

苦雨朝朝，离魂夜夜，人生飘泊如船。忽遇飙风，狂涛卷尽华年。罗情绮恨须忘却，是女儿、莫受人怜。试凭高，故国江山，满眼烽烟。　　蜀山应比吴山好，望白云迢递，休叹逝川。花月轻愁，从今不上吟边。矛鋋血染黄河碧，更何心、浅醉闲眠。听不得，竹外哀猿，山里啼鹃。

（以上选自《红茶·文艺半月刊》1938 年第 5 期）

裘岳（1首）

裘岳（1913—1985），字载岳，号知节，浙江宁海人。毕业于上海大学文学院，曾任宁海中学文史教员。有《耕读庐诗话》。另有《呻吟诗词》一卷，刊于民国二十九年（1940），收词二十一首。

调笑令

劳力。劳力。赤日汗如雨滴。每天能得几钱。儿女号咷雪天。天雪。天雪。烟火何堪断绝。

（选自《呻吟诗词》民国二十九年排印本）

许伯建（1首）

许伯建（1913—1997），名廷植，字伯建，以字行，号蟑堪、阿植、补茅主人，重庆人。20世纪30年代就读于川东师范和实用高等财商学校。抗日战争时期，供职于四川省银行重庆特等分行，与章士钊、潘伯鹰等发起并成立饮河诗社。1949年后曾任重庆市文史研究馆馆员。工书，精唐楷；能诗词，有《补茅余韵》；擅古文，有《红薜荔馆文稿》。

一萼红

癸酉岁暮，渝州西郊李氏园绿萼梅开矣，重游感作。

冻烟开。正疏林翠拥，梅意入襟怀。藤老猨归，松寒鹤化，鳞藓生到虚斋。念结侣、朋簪游宴，飞沉甚、弹指已天涯。仄径寻幽，画桥浮影，长啸高台。　何日莺眠柳醉，更招携香屧，款步兰阶。拂石探花，临流清咏，此欢休付尘埃。倚危阁、江声低咽，莽苍苍、云树送愁来。待唤吟鞭还去，风劲长街。

（选自《艺文》1936年第1卷第5期）

黄清士（11首）

黄清士（1914—1985），字孟超，号清庵，上海川沙人。为黄炎培堂侄，午社社员。拜著名学者夏敬观、沈思孚为师，潜心研修古文和诗词。工诗，善填词。著有《黄炎培诗选注》（未刊）、《元好问集注》。

归国谣

拟温飞卿

芳宴。阆苑薄寒传玉盏。酒深重按箫管。烛花红照眼。　　别后此情难遣。梦魂空缱绻。隔帘风絮千万。客愁随絮远。

荷叶杯

拟韦端己

飞阁层楼幽窅。曾到。仙迹许追寻。望中常护白云深。落叶下疏林。　　负手花间闲立。岑寂。新恨上眉头。满身花影乱于愁。惊起一沙鸥。

卜算子（四首）

咏荷花

帝里识娉婷，不似江南秀。太液波翻二十秋，花亦惊消瘦。　　遥指碧阑干，曾拂香罗袖。三五疏灯出水来，影堕湖心皱。昔游旧京，夜过三海，残荷数点，摇曳湖中，水殿风来，暗香相袭。平生观荷，以此境为最幽绝。

玉貌渡江人，翠袖寻诗客。一舸相携玄武湖，应减芙蕖色。　　妾是出淤莲，君是逾淮橘。闲话南朝恨事多，谶语分明忆。甲戌夏，偕湘君泛舟玄武湖，衣香鬓影，迤逦众香国中，几不知置身何世。湘君作诗有云：“莫怪南朝轻薄甚，前生恐是个中人。”予窃怪其不详，讵意竟成谶语。

越女采莲回，便入吴宫去。满载芙蕖嫁远人，总被婵娟误。　　访旧石湖来，想像凌波处。白羽蹁跹水佩摇，疑是风裳舞。苏州石湖为三吴观荷胜地，越城桥外湖荡荷花最盛，相传即范蠡载西施处。

疏雨过西泠，转棹孤山背。千顷烟波绿满前，得句谁能会。　　镜水不生尘，何预兴亡事。倩影亭亭瘦可怜，相忆湖天外。西湖遍处植荷，余六次游杭，每于日夕，一舟容与，往来花叶间，益觉湖山清丽。

绿盖舞风轻

七月六日，午社诸君子宴集李公祠观荷作。

彩袖拂汀莲，白羽摇烟，盈盈伫芳思。凝碧池塘，朱阑环曲榭，密约曾递。历劫楼台，访巢燕、帘栊深闭。露盘晞，一霎西风，零乱珠佩。　　高会。斫韵阄题，倩影落尊前，绮恨遥寄。别有伤心，对红妆、待检旧盟重理。屈指来宵，羡牛女、银潢相倚。问归期，江上鹜霞飞起。

玉京谣

送声越讲学浙东

客里生秋思，漫卷诗书，喜载东归棹。篝火惊心，浮家湖上人老。阻雁影、衣带关河，付旅梦、江山文藻。金尊倒。新词送子，轻尘遮道。　　销沉禹迹冠裳，故国神游，记绣鞍侧帽。弥想南云，奔涛舒展襟抱。对浊醪、留待黄花，寄锦字、频烦青鸟。愁多少。收拾半囊诗料。

霜叶飞

己卯重阳，和梦窗

篆香金兽。萦诗梦，天涯惊度重九。已无青鬓插茱萸，剩浊醪消受。记惜别、攀条在手。何堪重抚江潭柳。倚薄醉登楼，远览隔、关河一望，四郊非旧。　　因忆昨岁东篱，题糕韵事，座上眉黛低覆。可怜清泪湿红绡，要蝶盟同守。奈节序乌飞兔走。阑干凭处辜欢偶。愿故人、身常健，不似黄花，者般消瘦。

垂丝钓

奉题《订盦丈填词图》

引商刻羽。遗音能继梁父。望极帝阍，孤愤谁诉。香一炷。对夜深桁雨。伤禾黍。记春明俊侣。　　五陵裘马，豪情班笔难赋。凤城辇路。蓦地渔阳鼓。惊破霓裳舞。肠断处。恨笛声不住。

雪梅香

岁　暮

对晴雪，茫茫意绪绕寒烟。念琼楼高处，开奁慵整云鬟。羌管工愁动遐思，楚涛裁恨入哀弦。凭阑久，遍野蜚鸿，妆点山川。　　频年。寄踪迹，独有梅花，偶共周旋。岁晚心期，可怜噤似寒蝉。已分伶俜慰孤抱，敢辞身世误儒冠。人间事，一卧沧江，无据悲欢。

（以上选自《午社词》民国二十九年排印本）

吕小薇（4首）

吕小薇（1915—2006），名蕴华，号竹村，江苏武进（今常州）人。毕业于无锡国学专修学校。长期从事教学及古籍整理工作。曾任江西诗词学会副会长、江西诗词编委。有《竹村韵语剩稿》。

蝶恋花（四首）

赠 别

高下疏林行客路。车过弯儿，便似天涯阻。只有离情遮不住。山山水水随他去。　　回首碧云斜日暮。独自归来，此恨知何数。残雪檐头声似雨。断肠都在无人处。

心似案头红烛穗。燃得离愁，都化盈盈泪。夜永春寒人不睡。临笺画尽相思字。　　昨夜灯前无限意。欲诉还休，知是从何起。浅酌芳樽留薄醉。缠绵只自增憔悴。

萧瑟生涯君莫说。天上人间，春去浑无迹。慈竹深深依旧碧。风前倚罢泪盈臆。　　一样惺惺相慰惜。软语叮咛，低首成呜咽。只恐罡风吹不歇。彩云易散难寻觅。

脱手黄金三百万。用友人句。恩怨人情，都逐秋蓬转。似水流年惊暗换。绿波回首春如幻。　　风浪孤舟浑未惯。渺渺湖天，鸥鹭笑人远。尺素遗君肠欲断。不知何处垂杨岸。

（以上选自《唯美》1936年第12期）

蒋礼鸿（10首）

蒋礼鸿（1916—1995），字云从，浙江嘉兴人。历任杭州大学中文系教授、中国敦煌吐鲁番学会语言文学研究会副会长、《汉语大词典》副主编等。有《怀任斋诗词》《乐府续貂》等。

鹧鸪天（二首）

连海玄云苦未休。残山残水只堪愁。狂来曲踊长三百，梦里飞翔又九丘。　　搔短鬓，上危楼。几番费泪与神州。书生好撰浯溪颂，争共骚人怨久秋。

仿佛瑶台青羽来。万红回互绣苍苔。试移弦柱琴心近，看舞霓裳宝婴开。　　千步幛，九重阶。鸩媒鸠使费安排。谁能自适诒琼玖，不恨差池百愿乖。

高阳台

落　叶

戍角摇魂，唳鸿引恨，汉滨惊见遗钿。绀海鸾箫，何人结佩飞仙。断肠望里三山远，化愁鱼、欲到谁边。数华年。浙水飘蓬，凄损江天。　　西池多少荣枯事，剩霜眠倦蝶，雨咽残蝉。千浪流红，同枝更忆婵娟。何心重恋桃根渡，转东风、万一归船。卷吟笺。琪树空攀，泪湿秋烟。

（以上选自《国师季刊》1939 年第 5 期）

玉楼春

西楼日日飘红满。一寸斜阳如梦短。屏山无路到而今，争忍眼波随路断。　　娉婷自昔量殊换。谁分秋风悲画扇。生憎银汉似红墙，织女黄姑当户见。

水调歌头

病痁闻蓬仙夏太夫子即世。予丁丑冬依瞿禅师永嘉获侍，公抚之甚厚，常见施衣振贫乏，故卒章及之。瓯有飞霞洞，刘根飞升处。

霜冷楚累月，人学转蓬花。凄凄离抱未已，更著瘧来些。身拟秋衾宛转，心与严宵长短，似此好年华。岂意有今日，刚试病生涯。　一番风，一番雨，一番笳。酿来海国消息，有客竟扬艖。应为天丝十万，乞与苍生衣被，夙昔愿难赊。范叔最腹痛，高涕接飞霞。

（以上选自《国师季刊》1940 年第 6 期）

一丛花（二首）

题芙蕖图

素笺漠漠冷生香。仿佛旧横塘。周郎正抱风流恨，江南梦、五月鸣榔。连薏连根，何花何叶，甚处不思量。　相看真欲断人肠。红泪漫双双。年时负了兰舟约，休重问、翠帔明珰。蘋末风微，愁边天远，无语诉斜阳。

画船打桨溯流光。寂寞小银塘。凝情欲向荷花道，甚今宵、月冷烟凉。悄弄风装，半垂红脸，脉脉惹思量。　盘心清泪为谁偿。剩有感茫茫。西风不共罗衣薄，怕消残、怨粉愁香。罥恨千丝，凌波一梦，分付与鸳鸯。

鹧鸪天（三首）

次遗山“薄命辞”韵

海水摇空翠入楼。凭谁幽怨赋西洲。不知江北江南路，已忍天寒日暮秋。　书欲寄，泪先流。不成一字只成愁。冰霜过了春应在，忍把夭桃斫断休。

肠断金堂目已成。十年芳约可怜生。半床锦瑟量长短，一梦香车记送迎。　帘漫卷，月难盈。人间何处著深情。萧萧一夕惊秋到，恼乱高楼又雨声。

心上眉头较浅深。愁看天际霭轻阴。若容款曲心甘奉，直为相思病亦禁。　灯寂寂，夜沉沉。行云几费梦相寻。写情赋怨浑闲事，宽了年时约腕金。

（以上选自《中国文学（重庆）》1944 年第 1 卷第 3 期）

郑德涵（1首）

郑德涵（1916—1999），字君量，号廑庐，浙江平阳人。曾参加章太炎于苏州创办之国学讲习会，后又从龙榆生学词。民国间执教于嘉善、杭州等地，二十世纪五十年代初任教于安吉孝丰中学，直到退休。著有《廑庐词剩甲稿》。

好事近

石 潭

巉壁挂藤萝，梗石细流幽咽。泼靛沉沉潭冷，是千年龙沫。　紫花三五著岩坳，寂寞为谁发。据磴揞颐闲卧，任心弦风拨。

（选自《同声月刊》第1卷第10期）

钟树梁（3首）

钟树梁（1916—2009），四川成都人。四川大学毕业，后任成都大学教授。有《中国古声韵学要籍辨析》《杜诗研究丛稿》《草堂之春散文集》等。

望江南（三阕）

春三月

春三月，何处可勾留。马足踏开花外影，鸟声听破竹西讴。曲水看泉流。

春三月，韶景惜匆匆。织锦书成情易恼，踏青人散兴犹浓。闲煞柳丝风。

春三月，飞絮落花天。午梦倦游千里蝶，夜阑愁听一声鹃。梅子上枝圆。

（以上选自《师亮随刊》1932 年第 129 期）

陈宗枢（3首）

陈宗枢（1917—2006），字机峰，天津人。曾任高级会计师。精南北曲，善唱北昆，兼擅诗词，与寇梦碧、张牧石并称“津门三大词家”。著有《琴雪斋韵语》《秋碧词传奇》《秋茄怨杂剧》等。

调笑令

秋夜。秋夜。孤灯遥隐未灭。晚凉沁入心脾。清风尘世隔离。离隔。离隔。多情惟有明月。

（选自《铃铛》1934 年第 3 期）

贺圣朝

螺杯频酌犹云浅。蓄得相思满。筵前只怕说阳关，幸暂通情款。　　春风如剪，星光若练。对景魂应断。莫言离恨似春江，比春江还远。

忆秦娥

心情恶。愁人泪共灯花落。灯花落。沉沉月影，景光如昨。　　寒砧断续伤离索。前尘尽是思量错。思量错。玉楼人远，梦魂飘泊。

（以上选自《铃铛》1935 年第 4 期）

潘希真（3首）

潘希真（1917—2006），原名希珍，改名希真，笔名琦君，以笔名行，浙江永嘉人。师从夏承焘。毕业于之江大学中文系，曾执教于永嘉中学。有《琦君自选集》《三更有梦书当枕》等。

高阳台

长道人生，悠悠如梦，何如梦也凄凉。往事般般，未言先断人肠。愁多唯恐秋归早，奈回头、又是花黄。纵樽前，痛饮高歌，总是佯狂。　　东篱杖屦归何处，采寒香重到，涕泪千行。记得拈花，曾叹两鬓苍苍。几番风雨飘零近，未飘零、已自神伤。更何堪，料峭空庭，一片清霜。

（选自《之江中国文学会集刊》1940 年第 5 期）

水调歌头

何处寄幽愤，翘首问高穹。月华千里如练，清啸和长风。梦到中原禾黍，误了平生书剑，豪饮竟谁雄。日日登临意，碌碌百无功。　　危楼上，送归雁，落遥空。凭陵意气自负，独立抚孤松。不记秋归早晚，但觉愁添两鬓，此恨几人同。慷慨一杯酒，弹铗且雍容。

贺新凉

倦客思归矣。忍重听、寒更残角，孤鸿天际。目断乡关登临处，已自愁怀千里。更庭月、凄清如此。不恨姮娥长带恨，恨姮娥岁岁看相似。杯在手，再三起。　　萧然独醉东窗里。向谁人、殷勤为说，天涯情味。三载漂零无家客，已惯逍遥行止。浑忘了、人间悲喜。我自佯狂人莫笑，笑他人不解我狂耳。千古恨，付流水。

（以上选自《之江中国文学会集刊》1941 年第 6 期）

温中行（2首）

温中行（1918—1985），原名必复，以字行，广东清远人。曾任教于香港官立金文泰中学、香港树仁学院等。编有《温文节公集》《古文学今译》等。

风入松

中秋玩月

秋怀今夕若为加。人静月当花。素娥依约年时影，奈匆匆、换了韶华。洗眼楼台银涌，团圞知是谁家。　　绿醪破恨脸蒸霞。旧梦溯龙沙。蟾枝倘许攀云折，挟飞仙、远引风槎。目断半江红树，魂消一水苍葭。

高阳台

别　内

鹭苇招霜，鱼灯掩月，珠堤一水悠悠。欸乃声中，断肠人在兰舟。双飞羡煞霞边翼，逐烟波、未解离愁。怅归来，镜魄尘封，钗股香留。　　十年劳辙欢携少，念樱花迸泪，陌柳凝眸。睽合无端，依然贫贱黔娄。巢痕扫尽迷前燕，倩谁怜、葛帔凉秋。更难忘，金钏章台，玉臂鄜州。

（以上选自《苏声校刊》创刊号）

黄庆云（1首）

黄庆云（1920—2018），广东番禺（今广州）人。毕业于中山大学中文系，为龙榆生弟子。后获美国哥伦比亚大学师范学院文学硕士学位。曾任《新儿童》主编。1949年后，历任广东文理学院及广西大学副教授、中国作协广东分会副主席等职。儿童文学作家，著有童话集《金色的童年》《奇异的红星》，长篇小说《刑场上的婚礼》等。

虞美人

桃英飞扑秋千架。春色浑如画。叮咛说与柳条知。系著春光莫被燕衔归。　偷抛金线亭前去。芳草留人住。春深未足系幽怀。花落衫中报道是春来。

（选自《词学季刊》第3卷第1期）

茅于美（18首）

茅于美（1920—1998），笔名方今，祖籍江苏镇江。比较文学学者，桥梁专家茅以升长女。毕业于浙江大学外文系。1947 年赴美留学，获英国文学硕士。1949 年归国，先后任职于出版总署编译局、人民出版社、社会科学院，后长期担任中国人民大学语言文学系教授。茅于美主要从事中西方文化研究，也是当代女词人。主要著作有《夜珠词》《茅于美词集》《茅于美词集续集》《易卜生和他的戏剧》《中西诗歌比较研究》《桥影依稀话至亲》等，译作有《漱玉撷英（李清照词英译）》等。

临江仙

秋　意

林叶殷红犹未遍，闲庭寂寂花空。轻罗小扇怯西风。暮云侵碧树，摇落意重重。　　拈管裁篇无意绪，高楼欲上还慵。新愁旧恨锁眉峰。黄昏谁是伴，微雨暗帘栊。

好事近

夜久落灯花，未敢问伊消息。人意不如流水，任春归犹碧。　　别来魂梦几回同，不道了无益。解道梦魂难据，怕窗儿先黑。

桃源忆故人

如何才了心期得。拼尽一生难必。多少东君气力。多少深深忆。　　梦中省识春消息。百计千番寻觅。闻道去春无尺。梦影孤飞急。

浣溪沙

寥落长空雁阵单。丹枫黄叶当花看。霜高雾薄一凭栏。　　风静千家闻落木，梦回双枕荐新寒。伴人炉火夜深残。

浣溪沙

雨罢荷塘返照明。麦秋天气几阴晴。教人何处觅芳馨。　　明月不来虹彩散，晚风初歇露华凝。今宵独解惜流萤。

浣溪沙

零落枫花不上簪。半枯萧艾向秋深。日斜暝色入高林。　　时有微云悲过往，漫因薄雾怨来今。须知天气有轻阴。

浣溪沙

照影无端百感迷。水车辘辘湿人衣。闻听松吹半峰低。　　旧迹重寻惊似梦，遥山入望渐知非。人生到此不须疑。

清平乐

愁丝千缕。缠裹朝和暮。金茧层丝蚕自吐。犹解化蛾飞去。　　谁怜世上浮名。望如郊野流萤。独夜更行更远，掬来光热无凭。

玉楼春

人生过境难回顾。哀乐追怀旋失故。远帆初泊碧波平，风定方知怜去住。　　十年憧憬浑无据。情景当前常自误。迷途已是不堪寻，又看日移身畔树。

少年游

愁心近似丁香结，郁郁吐清芬。萧条庭院，斜风细雨，谁为护深根。　　天畔寒星疏欲坠，胸际有微温。长跪紫藤花荫下，风露里、问前因。

生查子

妾有夜光珠，采掬经沧海。悱恻以贻君，奇处凭君解。　　近偶失君欢，断弃平生爱。不敢怨华年，但惜珠难再。

踏莎行

三月一日，自联大宿舍移居城中

翠竹当窗，茶花拂案。虫声新透春宵暖。小楼客去读书时，照人残月光犹满。　　身似飘蓬，随风流转。劳生小憩怜孤馆。晚凉散尽一天星，存心恰共波明远。

蝶恋花

惜物新来殊有癖。落叶飞花，过眼难轻掷。我自天涯甘落魄。愿教天意人间识。　　曙色未明寒月蚀。人海身藏，浮世堪长寂。独处但悲荆棘集。无人共我花间立。

浣溪沙

偶逐狂风入旋涡。惊涛急雨忽相和。扁舟失舵任风波。　　咫尺蓬山深似海，轮回日月去如梭。江湖寥落此蹉跎。

忆江南

悼　逝

心上事，梦觉没人知。夕照西沉留薄媚，寒枝拣尽独成悲。何忍更相疑。

忆江南

心病甚，惆怅每无因。待月楼前花似锦，九回廊畔月如银。伫立但伤神。

浣溪沙

应有秋阳散滞云，西风城阙夜霜新。藕花相向暗伤神。　　劫后谁怜身外物，兵余解惜眼前人。天涯行路潜酸辛。

忆江南

人散尽，阶下绿阴新。往事悲欢哀永閟，寸心披沥惜余痕。深恨与谁论。

（以上选自《夜珠词》民国三十三年排印本）

朱庸斋（14首）

朱庸斋（1920—1983），原名奂，字奂之，广东新会人。少时研读古典文学，尤酷爱词章，随陈洵学词，深得其精髓。曾任广州大学、文化大学等校的词学讲师；并在家授徒，培养词学人才；晚年任广东省文史馆馆员。有《分春馆词》《分春馆词话》。晚年自述云："余为词近四十年，方向始终如一。远祧周、辛、吴、王，兼涉梅溪、白石；近师清季王、朱、郑、况四家，所求者为体格、神致。体格务求浑成雅正，神致务求沉着深厚，虽未有所大成，然自问规模略在矣。"

高阳台

蝶梦空寻，鸳盟已冷，青衫漫惹啼痕。花事无多，绿章谁问东君。寸心未忍成灰烬，想连宵、尚托行云。奈如今，一尺江波，难载桃根。　　故枝犹待春风发，怕离烟恨水，偏误归人。懒卸残妆，也知鸾镜尘昏。落花不管芳菲减，料因循、燕妒莺颦。莫凭栏，衰草斜阳，容易销魂。

三姝媚

芳菲容易度。正千红凄凄，好春谁主。燕子归来，纵画梁依旧，也应难住。数遍心期，都付与、半帘飞絮。回首天涯，雨歇云沉，东风无路。　　十载疏狂休诉。怕醉魄犹寻，故园歌舞。浣尽金衣，倩何人念我，酒痕曾污。泪眼徘徊，空省识、啼鹃门户。知否闲花陌上，新声又谱。

凤栖梧

重九后二日

尊酒翠微休共载。残书沧洲，绀碧年年改。黄叶西风成一派。重阳过了人空在。　　后约登临谁可待。故国茱萸，经乱难为佩。眼底秋光千万态。雁归正近斜阳外。

烛影摇红

十月十二日，赋海边落叶

秋尽神宫，羁魂海外归何世。西风到此却无声，空费千家泪。

恨满扶桑弱水。怪冤禽、惊寒不起。顿教流散，异国残红，前朝衰翠。　　断梗空枝，采幡纵有应难庇。严城暮鹊更何投，凄奏来天地。一曲旧游莫记。渺沧波、斜阳倦倚。樽前起舞，恩怨无端，湘弦弹碎。

临江仙

故国登临多少恨，惊心片霎沧桑。野旗戍鼓满空江。重寻葵麦径，犹识旧斜阳。　　信道青衫无泪湿，何堪半壁秋光。寒鸦尘土渐荒茫。江山如梦里，无处问兴亡。

秋波媚

伤心天外夕阳过。离乱惜蹉跎。征鸿信杳，寒鸦声歇，满地干戈。　　前朝人事惊重省，梦里旧笙歌。小楼昨夜，依然无恙，金粉山河。

齐天乐

寒夜闻歌

病骸中酒黄昏后，笙歌乍传别院。被冷惊霜，楼空怯月，凄绝更闻清变。重帘骤卷。正舞困离鸾，翠箫迟按。一片销魂，听来应是后庭怨。　　人间欢兴未了，向承平偏爱，金缕葱茜。故国繁弦，天涯倦客，消得醉时肠断。青衫泪满。尚依约声声，和将更箭。送入行云，梦痕谁为浣。

金缕曲

秋　夕

漏箭侵帘寂。望中庭、银河似水，月波无色。暝想空林惊寒鹊，应是故枝重觅。莫负尽、天涯消息。冷落齐纨歌尘暗，傍西风、容易成疏隔。空检点，唾花碧。　　危楼罢酒销魂夕。恨如今、鸳鸯画就，锦梳难织。待把樽前行云约，分付秋来潮汐。怕依旧、蓬山未识。红腊纵余当年泪，料多情、不向人间滴。消瘦影，倩谁忆。

甘　州

怪东风易别，断肠人、如今又天涯。似随波坠絮，窥帘客燕，共惜无家。剩得几番朝雨，和梦冷窗纱。多少凄清泪，空晕铅华。　　惆怅夕阳池阁，甚一时不见，鬓雾衫霞。叹今宵重觑，犹是茜菱花。且拼作、半江春恨，纵相逢、休更怨琵琶。应难耐、有垂杨处，都付啼鸦。

寿楼春

听哀鹃啼残。纵天涯有梦，谁念家山。漫记开樽说剑，按歌低鬟。年少事、愁追攀。甚旧情、消磨都难。怪陌上闲花，江潭倦柳，终作去时看。　　春欲老，人初还。认神鸦社鼓，犹满京关。底事前朝余泪，酒边空弹。芳草外，斜阳间。过故阶、凄凉凭栏。算不更消魂，东风未阑吟鬓斑。

渡江云

衡州秋夕寄怀

江枫渔火夜，暗潮搁恨，分梦向谁边。骤惊身是客，更为西风，寸绪坠樽前。抛残望眼，认一发、何处山川。空听得、透帘津鼓，终夕破愁眠。　　情牵。初捐团扇，待老垂杨，省秋容偷展。休更将、旧欢余泪，轻委霜天。如今照鬓湘波绿，料鱼龙、不碍归船。乡讯好，行程莫负啼鹃。

瑞鹤仙

客有以城南梅讯见告，赋此答之

梅边春讯彻。想垂垂江国，何人先折。屏山梦云爇。叹参横斗转，素娥终别。欢悰惯歇。甚相思、清铅未绝。只消他、几日东风，容易绿阴啼鴂。　　凄切。画翘簪玉，宝帐围香，旧家芳节。冰肌瘦怯。关山恨、倩谁说。怕钿车南陌，明朝重过，早有清愁暗结。待何时、消领黄昏，翠樽淡月。

醉太平

登衡州吴三桂点将台

星垂角芒。山沉黛妆。惊风狐兔苍皇。想平西故王。　　残碑数行。孤台半荒。离离霜草侵廊。有蛟螭待藏。

高阳台

衡州守岁同子余

饯岁杯宽，偎人烛短，年年节序空惊。染柳薰梅，东风渐入邮程。谁家弦管终宵骤，伴关山、腊鼓同听。怎禁他，一夜清樽，老尽吟情。　　回灯试就家园梦，奈行云输与，马影鸡声。剩有新愁，待教重付平明。他时芳草江南满，叹迢迢、春路难经。最回肠，能几花前，更续余酲。

（以上选自《分春馆词》民国三十七年广州奇文印局排印本）

霍松林（8首）

霍松林（1921—2017），字懋青，甘肃天水人。早年毕业于南京中央大学中文系，1949年后，任陕西师范大学中文系教授、中华诗词学会名誉会长、日本明治大学客座教授、美国传记研究中心指导委员会副会长及顾问委员会顾问等职。有《唐音阁吟稿》《霍松林选集》《文艺学概论》《西厢述评》等专著二十余种。

高阳台

东坡生日

香透梅梢，阳回井底，忆公岳降眉山。雅望清操，不孤滂母知言。玉墀新拜龙团赐，更谁人、声动钧天。却赢将，贝锦诗成，岭海颠连。　　笛中重谱南飞曲，问人间此日，天上何年。万柳苏堤，几番摇落春前。大江从卷英雄去，望晴霄、如见苍颜。便相期，汗漫同游，驾凤参鸾。

（选自《陇铎》1948 年新 2 第 1 期）

高阳台

宝殿灯昏，琼楼月冷，几番玉树歌残。无限愁思，夜兰又到吟边。而今只有秦淮碧，叹回波、不驻流年。更何堪，铁马长嘶，羯鼓频传。　　江南已是伤心地，况萧条岁暮，雪压长干。雁落鱼沉，依然烽火连天。五陵佳气应犹在，甚凭高、不见中原。费销凝，莫问归期，且近尊前。

木兰花

卷愁不尽炉烟袅，一刻归思千万绕。昨宵容易到庭帏，衣彩长歌春不老。　　人生自是家居好，客里光阴何日了。晴晖芳草一时新，梦转纱窗天又晓。

鹧鸪天

柳外楼高去路赊。曾随飞燕近窗纱。调筝初泛纤纤玉，印枕犹余淡淡霞。　　寻好梦，送韶华。年来无计问香车。休将旧恨供诗句，且卜新居傍酒家。

菩萨蛮（二首）

绕池杨柳千千缕。鸣蝉似作相思语。倒影一池花。画桥明晚霞。　　车声听又隐。鱼雁无凭准。夜夜倚阑干。月圆人未圆。

昨宵梦里分明见。斜阳却照深深院。鹦鹉不能言。隔花人倚阑。　　窗前风又雨。凄切灯唇语。泪尽短长更。曲池今夜平。

鹧鸪天（二首）

居古林寺作

古寺金刚不坏身。重来相对证前因。幽人事业杯中醁，志士生涯额上纹。　　云入户，月当门。如今真是葛天民。高楼虽近休频倚，不信中原起战尘。

欹枕风轩客梦惊。乾坤如此几曾经。四垂天里团团月，一望林中点点萤。　　云有影，露无声。都将幽意付残僧。恒河劫换人间世，弥勒龛前说风城。

（以上选自《陇铎》1948 年新 2 第 3 期）

吴绍烈（1首）

吴绍烈（1921—2002），字静康，安徽望江人。1948年复旦大学毕业。曾为上海师范大学文学研究所副研究员、中国历史文献研究会学术委员、上海诗词学会理事兼《上海诗词》编委会执行编委。1956年赴越南河内外文学校（河内师范大学前身）中文系讲学两年。参加校点《宋史》《续资治通鉴长编》等。发表《续资治通鉴长编人名校勘释例》《陇右近代诗钞序》等论文。主编《江河集》（甘肃人民出版社1984年）等。著有《风雨诗词剩稿》。

换巢鸾凤

月魄惊寒。正江风吹浪，暮霭侵烟。低徊怜倩影，软语透清欢。叮咛记取意千般。怎知而今魂萦梦牵。关情处，拚几度、泪痕衣满。　　春晚。芳讯断。愁见飞花，离恨生箫管。酒困无眠，倚灯填句，苦惹柔肠千转。曾信相思忒伤神，生来争奈情难遣。诗中仙，也沉迷、醉里香软。

（选自《艺术家》1947 年第 3 期）

史树青（4首）

史树青（1922—2007），河北乐亭人。1945 年毕业于北平辅仁大学中文系。工书法，精鉴赏，1949 年后任中国历史博物馆研究员，为考古鉴定专家。年轻时从孙人和学词，大学时有《几士居词甲稿》，皆少作。孙人和序云："庶卿从予习长短句，致力甚勤。"

卖花声

新　秋

夜雨正潇潇。梦又迢迢。烛华红泪一条条。泪是相思华是恨，梦是无聊。　　孤馆忆春桃。门巷花朝。秋魂瘦损蝶难招。多少旧情余梦在，流水红桥。

双调忆王孙

秋　草

风雨催寒秋暗度。愁又近、柳塘深处。低流萤火趁人行，恍惚是、江南浦。　　梦回千里迷归路。镫影畔、自怜无绪。可堪身世等萧疏，护不尽、寒蛩侣。

水龙吟

秋夕听雨

潇潇似唱吴船歌，云暗向、秋窗坠。一天梦影，半帘寒色，匀黄叶碎。几度销凝，眼迷烟柳，曲阑干外。有愁痕千点，西风吹散，还飘向、灯屏底。　　多少欢情应记。到而今、壮怀都悔。云低迫雁，飙回惊燕，乱云难洗。蕉梦醒初，桐心焦否，付伊流水。奈罗衾孤拥，檐声滴尽，更悲秋泪。

鹊踏枝

秋　晚

几日相逢春又远。素手香罗，长印愁心眼。瘦损韶华应过半。镜中白发知何限。　　渺渺江山愁一片。泪眼黄昏，肯信新寒浅。望里归鸦飞不断。疏林落日西风乱。

（以上选自《几士居词甲稿》民国三十二年排印本）

喻蘅（1首）

喻蘅（1922—2012），字楚乡，号若水，斋名夕秀室，江苏兴化人。20世纪40年代中央大学艺术系毕业后，长期从事高等教育工作和中国古典文学、书法、绘画的理论研究、创作和教学实践。历任复旦大学校办主任秘书、讲师、副教授。后受聘为上海师范大学美术系兼职教授。有《喻蘅艺文丛稿》等。

齐天乐

中秋无月

碧城十二栏杆杳，今宵雾屏云幔。阻恨风帘，离魂梦叶，依约风韶歌远。凉阶伫倦。盼迢递蟾宫，姮娥宜面。何事畏人，好天良夜愁孤敛。　　微茫尘外夜迥，灯华凝望处，芒毫飞焰。天上琼楼，人间寒影，千万欢愁相绊。谁嗟畹晚。又穷海生桑，枫霜再变。大壑当前，泪波犹自浅。

（选自《国立暨南大学校刊》1948 年复刊 17－18）

施亚西（1首）

施亚西（1923— ），浙江杭州人。曾求学于浙江大学龙泉分校师范学院国文系。1949年后任华东师范大学中文系副教授，华东师范大学出版社文科编辑室主任、编审。合编有《写作知识漫谈》《写作教程》等。

采桑子

苍山入瞑平堤远，月色迷离。梅影依稀。并与凄凉上客衣。　　此时此夜愁何极，野馆钟迟。满袖凉飔。踏尽清光人不知。

（选自《民族诗坛》1943年第5卷第2期）

袁第锐（1首）

袁第锐（1923—2010），重庆永川人。历任甘肃政协常委、甘肃文史馆馆员、中华诗词学会顾问、甘肃诗词学会会长等职。著有《恬园诗词曲存稿》《恬园诗话》等。

忆江南

仇未灭，翘首望中原。破碎河山余涕泪，烽烟万里又秋寒。金瓯何日圆。

（选自《九政月刊》1941 年第 2 卷第 1 期）

陈左高（4首）

陈左高（1924—2011），号心斋，浙江平湖（今属嘉兴）人。1939年入无锡国学专修学校，从唐文治游。1945年国立复旦大学毕业，曾执复旦大学、新中国法商学院、华东师范大学古籍研究所等教席。著有《心斋词稿》《古代日记选注》等。

虞美人

冬夜闻雪

重衾梦转寒添骤。灯烬宵深后。霏霏屑屑隔窗声。却似飞花吹雨扑帘旌。　　琼瑶历乱堆三径。一望无人影。小庭明日起徘徊。芳苞斗白应见玉梅开。

减字木兰花

画楼人倚。无限秋思迢递起。梅落江城。何处吹箫风送闻。　　阑干雨歇。夜透玲珑帘里月。菡萏香残。露重罗衣不耐寒。

（以上选自《世界文化》1946 年第 4 卷第 1 期）

蝶恋花

一枕沉酣春梦腻。恼恨流莺，故意催人起。罗帐四垂烟篆细。朝晖正照湘帘底。　　罢拭罗巾空有泪。多少闲愁，欲遣成无计。瑶札书缄何处寄。云罗不断山迢递。

浣溪沙

细雨连纤扑小楼。落红狼藉柳条柔。下帘无语自凝眸。　　树色溟濛遮远岫，箫声呜咽擫凉州。最难消遣是春愁。

（以上选自《世界文化》1946 年第 4 卷第 2 期）

叶嘉莹（2首）

叶嘉莹（1924— ），号迦陵，北京人。1941年考入辅仁大学国文系，专攻古典文学专业，师从古典诗词名家顾随。20世纪50年代，先后在台湾大学、淡江大学、台湾辅仁大学等校教授诗词课程。后赴北美任教，为美国哈佛大学、密歇根州立大学及哥伦比亚大学客座教授，加拿大不列颠哥伦比亚大学终身教授。为加拿大皇家学会院士。1979年回国，在南开大学创立中华古典文化研究所，担任博士生导师。历任中华诗词学会名誉会长、中央文史研究馆馆员等。作品收入在《迦陵诗词稿》中，另著有《唐宋名家词论稿》《清词选讲》等。

鹧鸪天（二首）

香印烧残心字灰。蝉声初断雁声悲。坐看白日愁依旧，小步秋林懒便回。　　清梦远，晚风微。戏拈螺黛点双眉。阶前种得黄花好，莫问秋情说向谁。

欲赋秋情尽费辞。秋情只在碧梧枝。枝头新月如眉好，枝下寒蛩彻夜啼。　　蛩不断，月移西。新寒袭遍旧罗衣。中宵独下空庭立，几点流萤绕树飞。

（以上选自《中央日报》1948 年 6 月 30 日）

白廷夔（6首）

白廷夔，生卒年不详，出身满洲京旗，汉姓白，字栗斋，号逊园。光绪丙戌（1886）翻译进士。工诗词，善书画，曾加入须社。《词综补遗》谓其“词不多作……于南宋诸家为近”

探春令

咏柴影

惜春常怕柳花时，又斜阳烟冷。是断肠、滋味无人领。自明灭、谁能整。　　随风飞扑云屏迥。入高楼先暝。纵梦痕惝恍，沾泥也好，莫化春愁影。

湘　月

中秋前一夕，集冰丝庵

旧情庚子，客莲池曾过，离人秋节。飘泊妻孥千里隔，泪滴家书凄咽。跋涉西行，渝州桂醑，喜解诗肠结。嘉陵江上，一尊容酹明月。　　归去偕隐荒园，春明觅梦，笑敬儿身热。垂老微之悲不寐，谁扫添薪槐叶。乞借清辉，团圞无望，愁见环成玦。招邀秋士，明朝尘事休说。

庆春宫

赋豹房铜牌

铸虎分符，珮鱼司钥，羽林宿卫厢歇。宫邸连云，门严勘契，别传花队回鹘。窄衫盘凤，看红粉、弯弓似月。君王游豫，玉水垂杨，旧诗曾说。　　只怜一例销金。不使留皮，雾斑磨灭。如梦江山，坊名空在，老泪沧桑悲咽。孝陵何许，吊石马、斜阳芜没。长生麋鹿，挂角残牌，惜无人拾。

清平乐

上元镫词

旧时今夕。月与人同色。箫鼓喧阗香雾塞。春在朱楼南陌。梅花伴我多情。风廊珠箔盈盈。只道欢场犹昔，深宵又梦春明。

柳梢青

李园纪游，用少游韵

浅草轻沙。闲园曲径，雨细风斜。老柳青初，新芦碧小，衬出桃花。　　几株水汉云涯。翻墨影、搀来暮鸦。一片愔愔，风光无价，笑属诗家。

点绛唇

南塘观荷，和恸庵

净绿周遭，放舟水墅闲逃暑。忆前游处。曾看西泠雨。　　柳下风回，红抹斜阳住。浑无路。采莲人去。云袂微微露。

（以上选自《烟沽渔唱》民国二十二年排印本）

包安保（3首）

包安保，生卒年不详，字柚斧，号莺巢，江苏丹徒（今镇江）人。

天　香

镜予仲弟归自汉南，别已三载。东坡老矣，子由亦非复少年，相见欣喟，因成此解，用碧山韵。

瓜步停鞭，琴台侧帽，归期共誓江水。小劫沧桑，远天云树，雁到但如人字。飞沉几辈。看坠叶、秋痕半指。一笑貂裘换酒，重温少年英气。　　倚阑影形俱醉。恨冰蟾、为花揉碎。寄语故园双鹤，柳阴门闭。何事风尘憔悴。且商略、羹莼鲙鲈味。晚弄娇雏，春生絮被。去年生犬儿，弟最爱之。

（选自《沤社词钞》民国二十二年排印本）

醉太平

蟾窥画屏。花阴半庭。西风吹入疏棂。带天边雁声。　　三更四更。潮生未生。千山万水分明。算梦中路程。

浣溪沙

小步沿钟未觉暝。两三萤火点衣青。坠欢如梦忆伶俜。　　当户数花红欲滴，隔林疏雨绿成阴。夜凉梳洗看双星。

（以上选自《同声月刊》第4卷第2期）

鲍亚白（5首）

鲍亚白，生卒年不详，浙江绍兴人。擅诗词，1949 年后加入稊园词社。

尉迟杯

江亭修禊，此乐不再已五年矣。抚今追昔，不能无辞。

江洲外。渐柳色作暝生新霭。依依岁晚登临，还惜名园歌罢。题襟往日，问几个、清游旧人在。剩孤怀、诉尽西风，等闲曾负吟债。　　因思水曲尘香，长试酒湖船，坠梦犹待。倦墨愁缣俱非昔，况更是、新亭泪洒。如今向、沧波歇影，漫认逐、春城花似海。尽高楼、瘦笛偷声，月斜仍恋眉黛。

天　香

初暝欺灯，层愁腻病，孤怀缱绻相倚。月自吹凉，笛还留韵，化作断红心字。绣屏六幅，慵怎起、宵窗无寐。立尽秋千院落，依稀夜凉如水。　　几回绛纨未试。漫相思、粉零珠碎。只恐镜中鬓雪，烟锁深翠。一别尊前憔悴。浑衰减、年时旧风味。欲惜芳华，何堪梦醉。

（以上选自《同声月刊》第 4 卷第 1 期）

台城路

质湖吊南宋宫人葬处

临安荒草千年恨，溪流似闻呜咽。翠珮销香，珠幰腻梦，往事都成消歇。鸳裙凤舄。自故国春归，顿无颜色。一样沧桑，数声杜宇似相惜。　　冬青一丛自碧。却苔痕绿遍，无限悽悒。德寿宫颓，吴山苑寂，旧事鹦哥能说。而今尽息。只廿四堆中，堕红如泣。一抹斜阳，听萧萧落叶。

（选自《词学季刊》第2卷第3期）

摸鱼子

怅天涯、浅欢如水，银筝怨倚谁诉。斜阳一抹蘼芜下，依约萦愁千缕。重记取。看衰柳冷烟，深锁蘼香处。凭阑间伫。待唤起花魂，年年今日，泪洒相思树。　　芳华晚，且忆美人黄土。苔痕斑蚀如许。盟钗歌扇清愁惯，同是世间离绪。谁惜护。任梦醒绛云，一曲怜迟暮。湘灵空赋。计乱树鸦啼，空林鹃泣，相望更情苦。

御街行

题《养畦种树图》

湖山游遍间无际。且息景、身如寄。小园半亩卧清阴，荷锸自行深翠。罘罳素壁，书帷风漾，一任嗛垂地。　　中年哀乐心如醉。照鬓景、空憔悴。荒江我亦遍征题，同是伤时涕泪。满林落叶，环门薜荔，算是闲滋味。

（以上选自《词学季刊》第3卷第3期）

蔡伯雅（2首）

蔡伯雅，生卒年不详，名伯亚，字伯雅，以字行，河南商丘人。河南大学毕业，为邵瑞彭弟子。著有《澹碧轩长短句》。

齐天乐

夏日避兵小村中，卧大树下，听蝉声聒耳，用碧山韵赋之。

一声惊破人间梦，残蝉乱吟高树。弱柳嘶风，枯桐噤月，离恨重重谁诉。零云断雨。乍摇曳繁音，绕梁萦柱。惨劫余生，漫天烽火向何许。　　荒村长夏渐晚，茂林秋意早，时下霜露。塞北残魂，江东倦旅，过却阴晴几度。凉宵最苦。傍老干孤根，倍怜酸楚。调谱山亭，野烟欺鬓缕。

（选自《同声月刊》第2卷第9期）

大　酺

雪

讶碧天低，彤云布，帘卷长空飘雪。梁园斜日暮，渐归鸦飞尽，众芳凋歇。碎玉堆阶，丝银展地，争绕楼前檐铁。凭阑孤吟际，换琼茵一片，镜奁明澈。叹幽约背人，旧欢成梦，易增凄绝。　　年来心计拙。听窗外、侵耳寒风烈。且坐对、邮签迢递，候馆萧条，审冰姿、万峰莹洁。未信愁眉戚，翻素色、客途辽阔。怅萍迹、轻如叶。屏锦添绣，墙下余辉欺月。灞桥瘦梅待上折。

（选自《同声月刊》第2卷第12期）

蔡羽皋（6首）

蔡羽皋，生卒年不详，字禹皋，江苏江阴人。曾远涉北疆，在河北滦阳、昌平及内蒙古赤峰一带谋事多年。

忆秦娥

感 时

弦歌息。欧风吹变江山色。江山色。铜驼南望，会生荆棘。　　龙蛇起陆时权革。茫茫禹甸成民国。成民国。鹰瞵鹗视，瓜将剖食。

伤 别

伤离别。干戈遍地关山隔。关山隔。来时容易，归时难决。　　湾河滟潋万千折。闲愁付与流莺说。流莺说。江花江草，都经更迭。

旅 夜

沉沉月。良宵伴我时明灭。时明灭。独眠独宿，唾壶敲缺。　　胡笳吹动声凄绝。一灯豆细衾如铁。衾如铁。怎生睡梦，晨鸡啼彻。

有 怀

音尘绝。相思又值新年节。新年节。一腔心事，凭将谁说。　　边关漠漠飞风雪。柳条勒住春光寂。春光寂。沈腰潘鬓，旧情衰歇。

金缕曲

世局竟如斯。只怜他、民生何罪，兵荒洊至。收得九州铁铸错，不合广开风气。促四亿、同胞解体。万事到头留定论，看河山、得失凭孤子。言因果，无差耳。　　光阴半老愁城里。念征人、边荒落寞，长吁而已。匡世问谁効忠悃，能为汉家燮理。免海水、狂澜鼎沸。但祝汉阳努著力，把乾坤、双手支撑起。天莫问，且行矣。

台城路

辛酸世味经尝饱。乡思频来萦搅。苏季单寒，梁生娇小，回首空伤怀抱。年年潦倒。奈鸡肋名虚，蝇头利少。书剑飘萧，叹造化弄人何巧。　　悔不改弦别调。枉耐征戍苦，今又来了。塞外孤鸿，途中瘦马，去住总难定稿。寒灯照影。慨壮不如人，更何言老。愁到心头，历乱似春草。

（以上选自《同南》第八集，民国八年排印本）

曹纫秋（14首）

曹纫秋，生卒年不详，字澧兰，号蘧庐，江苏吴县（今苏州）人。同南社社友，工书。

更漏子

画楼深，人影独。镫背屏腰闪绿。鸳被冷，鸭炉薰。闲关蝴蝶门。　　漏初残，宵将半。何处玉箫声远。花气澹，月痕低。绣帘春梦稀。

蝶恋花

午梦初醒愁未醒。细雨敲窗，愁煞骄莺病。小院落红飞满径。隔墙垂柳眉痕凝。　　欲访仙源何处讯。芳草含烟，又见寒烟暝。天空倦鸟归飞影。往事伤心休记省。

（以上选自《同南》第六集，民国六年排印本）

点绛唇

寒夜感怀

寂寞深闺，当窗月色寒如水。夜阑无睡。湿透重重泪。　　转辗匡床，只有兰缸对。闲庭内。风声鹤唳。搅得心儿碎。

桃源忆故人

寻梅寄味韶

庭前一夜风吹急。梅意妒花飞白。欲觅孤芳难得。踏碎璠瑶迹。　　徘徊几度穿林出。想见琼姿仙格。未许俗人轻识。惆怅滞消息。

清平乐

寄烟桥

澹烟浓雾。一幅凄凉谱。人在江南啼鸟处。行尽绿芜春雨。　杏花梢际帘钩。玉箫行里琼瓯。离梦不知近远，月明夜夜层楼。

忆秦娥

花如雪。匆匆又过清明节。轻寒渐退，好风和悦。　蝶儿粉翅蜂儿舌。曲阑香径多周折。踏青人去，数年离别。

祝英台近

倚雕栏，春将暮，潦倒甚情绪。把酒登楼，楼外又风雨。满庭花事飘零，都无人管，忍听他、莺啼燕诉。　愁如缕。不堪憔悴天涯，谁是知音侣。好梦难寻，尽书空无语。匆匆客里韶华，又警时序。问残红、流水尽归何处。

（以上选自《同南》第七集，民国七年排印本）

归自谣

怀　旧

容易别。三度黄花又晚节。衡阳雁断音书绝。　虫声四壁听凄切。愁难说。故人千里共明月。

长相思

梦回时。子规啼。恻恻春寒生被池。起来故意迟。　　风凄凄。雨丝丝。生怕春归人未归。一帘花絮飞。

（以上选自《同南》第八集，民国八年排印本）

减字木兰花

题《鸱夷酿诗图》

红稀绿暗。好梦易随春去远。绿暗红稀。处处乳鸦枝上啼。　　诗愁多少。都为采芳人已杳。多少诗愁。醉里谁招鹤啸秋。

望江南

春去也，凄绝画楼东。帘外几声梅子雨，阶前一片落花红。无语怨东风。

忆秦娥

寄烟桥

炉香消。夜来离绪萦怀抱。萦怀抱。初秋风雨，助人烦恼。　　终宵转侧回肠绕。阶前桐叶声声搅。声声搅。滴尽铜壶，偏不天晓。

浪淘沙

秋 雨

睡起夜将阑。闷倚栏干。罗衣不耐晓风寒。总为饥驱心转急，强别慈颜。　　旅梦几曾安。泪湿征衫。他乡作客惜秋残。看尽归鸿过尽雁，辛苦年年。

扬州慢

再题《鸱夷酿诗图》

枫老吴江，浪平笠泽，满帆画稿诗情。问鸱夷去后，更谁主鸥盟。且闲买、蜻蜓打桨，三高祠畔，容我吟经。有玉箫、娇伴新词，吹咽潮声。　　异军特起，记同南、奇句人惊。指第四桥边，甘泉化酒，长醉休醒。馆望灵芬何处，临风酹、一盏呼应。要筒川坛坫，百年遗响重赓。

（以上选自《同南》第十集，民国十年排印本）

曾念圣（1首）

曾念圣（？—1943后），字风持，号次公，福建闽侯（今福州）人。官大理院推事，入河北督府。曾肄业于京师译学馆（见《石遗室诗话》），为陈衍门人，民初时颇负才名（见《闽词谈屑》），1928年曾做过私塾先生（见《海澜集自序》）。生卒年不详，1943年尚在世，本年曾发表《甘肃省志序》于《内政月刊》。工词，著有《竹枝词》《桃叶词》《桃叶词别集》。

绛都春

仙蓬坠羽。弄烟霭、晚日亭皋微步。小蜕金衣，依约霜翎云中举。当年翠盖西飞路。怅琼馆、鸾韶悭驻。绣楣啼后，新来缟袂，玳筵羞舞。　　情伫。伶俜苔甃，眄华表、只在谯荒堞暮。鼎脯烹雌，丝雨孤踪巫峰误。伤心难问丁沽水。怕照影、翩然惊度。更愁寒入尧年，梦残怨宇。

（选自《忍古楼词话》，《词学季刊》第2卷第2期）

曾廷贤（9首）

曾廷贤，生卒年不详，字公侠，浙江永嘉人。瓯社社员。

百字令

和梅伯仙岩纪游

白云深处，有当年谢客，经过屐齿。一杖撑烟开鸟道，零乱春山花事。怪石蹲狮，荒庵伏虎，蓦地雷声起。岚光潭影，夕阳烘托如此。　　还见负笠僧归，携壶客散，四远沉空翠。世上哀鸿纷莫数，我辈分泉论味。袖海诗狂，过江人老，别有登临意。葛薇身世，怕无招隐丛桂。

满江红

西湖白文公祠附祀樊谏议，敬赋。

禋祀明湖，分一席、绵州绛州。名祠展、四山空翠，清气齐收。文字精灵空八代，因缘香火结千秋。忆清名、南省旧名公，风度遒。　　瞻两庑，陈百羞。招云驭，溯风流。读遗编长庆，赠答诗留。一角孤山邻咫尺，梅魂鹤梦渺无俦。让前贤、携手月明中，同唱酬。

鹧鸪天

茶山桃花

依旧春风引画桡。龙潭烟雨望中遥。轻霞一簇随流水，人立斜阳旧板桥。　　新绿皱，晚红烧。花光随韵落诗瓢。山家镇日云封洞，前度刘郎鬓未凋。

风入松

雪澄以姜石帚像贻铁尊师，并题一词，梅伯、姜门先有和作，余亦继声。

箫声和月到帘栊。依约过垂虹。披图唤取诗魂醒，幻阴晴、人意惺忪。日落孤亭题句，风流一代词宗。　　万花啼损马塍红。梅訊又春风。暗香疏影吟情殢，听凄音、鹤唳寥空。难得古今双屐，游踪到处相同。

八声甘州

辛酉季春，孤屿文丞相祠祀事，礼成，集慎社同人澄鲜阁禊饮。

俯横流击楫渡中川，一望翠澜平。叹前朝踪迹，中原日落，数点峰青。留得江山正气，终古振潮声。一角危楼畔，霜露长零。　　我辈登临怀古，奈风尘莽荡，贻笑山灵。只烟波深处，移棹结沤盟。把清尊、云堂闲啸，正夕阳、如水画阴晴。颓云外、听晚钟起，幻出诗情。

高阳台

题《半樱簃填词图》

人海尘清，神山梦浅，一庐春色平分。静拂瑶笺，金猊檀麝初温。红牙旧谱霓裳曲，剩天空、五岳闲云。掩重门，燕蹴弦琴，絮点纶巾。　　灵根欲乞东皇护，正鹃声啼怨，蛾影催颦。无限芳菲，依然梅鹤前身。歌珠圆拟藤萝月，照兰荃、冰雪精神。证前身，石帚风流，雪澄适以白石像赠半樱簃主。玉唾缤纷。

虞美人

题《莼菜》《鲈鱼》《隐囊》《纱帽》画幅

楼头弱絮和烟起。楼下春阴地。纶巾危坐理红簪。笑指闲云来去本无心。　　一囊书剑天涯老。又被秋风恼。十年词笔续清真。绿鬓婆娑梦绕故园春。

雪梅香

纪陈节妇及孝女燕姑事。节妇为吴兴沈保卿先生长女，适绍兴陈氏，早寡，守节抚孤，侨居吴门。某夕忽被戕室内，受创数十处；其女燕姑，年十五，同死；子亦中刃，绝而复苏。官府悬赏严侦，旋悉为恶仆所害，弋寘诸法。

洞房寂，霜天掩泣罢砧声。课清宵儿女，丸熊焰冷残镫。碧海蓤蟾耐凄咽，旧家雏燕惜伶俜。虎狼恶，入室无端，节重身轻。

飘零。脱兵燹，惨劫重逢，卷地风腥。母女依依，化烟并命幽庭。短句吟成泣寒萼，瓣香焚处吊红英。临风拜，一代芳徽，双表华旌。

百字令

和灵峰摩崖词

斜阳低尽，剩龙蛇留影，依稀嵌壁。黄鹤天边词客杳，知是何年题石。松老拏云，篁疏筛月，奇境天然辟。有谁来此，振衣深入层碧。　　闻道豪兴龙洲，十年探胜，携得东山屐。我眷嵯峨灵气绕，如入华峰邹峄。百字摩挲，千秋俯仰，不尽兴亡迹。旧时月在，待人林下吹笛。

（以上选自《瓯社词钞》民国十年排印本）

查尔崇（11首）

查尔崇，生卒年不详，号峻丞，又号查湾，顺天（今北京）宛平人。光绪十一年（1885）举人。曾参加须社。《词综补遗》评其词云：“词特婉约，能使读者回肠荡气，盖天资尤胜。”

凄凉犯

咏冬青

细花密叶青青处，蟠根最耐琼雪。万年竦翠，香披晋殿，荫垂汉阙。金盘露揭。洒残泪铜仙暗咽。乱沧桑、魂招禹穴，啼断杜鹃血。　　谁赋长生树，老去嵇吟，自怜骚屑。劲飙怒卷，蓦苍黄、女娲石裂。天柱西倾，又横被共工触折。阅兴亡、独有太液，一片月。

蝶恋花

咏秋蝶

鸭脚牵牛开欲遍。小风织腰，比似前时懒。褪却金泥衣更浅。秦宫也怅风流倦。　　草满西园兰径断。媚子搔头，镜里芳华变。瘦粉伶俜花外见。等闲换了春人面。

齐天乐

咏秋镫

黄昏不隔疏帘影，楼头酒家人语。店壁凝尘，戍旗飐雨，照澈天涯羁旅。河桥甚处。又渔火秋悬，市舂宵杵。夜渚移樯，一星红点渡旁渡。　　儿时滋味忆否，叹兰心翦尽，衰鬓如许。蝇鼻花残，鸭头烟冷，消得西风几度。儒冠总误。剩屋角寒檠，案萤窥汝。萧瑟兰成，楚台休更赋。

南楼令（二首）

待　月

萧瑟白蘋洲。凉云凝不流。雁声寒、飞过西楼。斜字一行烦寄与，为唤起，玉京秋。　　盼到柳梢头。黄昏人在不。忍伶俜，谁诉闲愁。算有姮娥差解意，偏底处、弄珠游。是阕用龙洲韵。

凭暖旧时阑。禁他罗袜寒。露华浓、湿了云鬟。数遍瑶星浑不寐，为徙倚，到更残。　　幽恨上眉弯。秋深人未还。掷金钱、暗卜团栾。怕碍素娥来处路，先移却、小屏山。

定风波

咏夕阳

斜倚西风晚笛吹。霞天水鸟带波飞。衬得江枫红更醉。鸦背。十分红处故依依。　　薄暮驱车寻旧苑。无限。销魂五字玉溪诗。便近黄昏还可意。须记。人间最重晚晴时。

江城子

忆　梅

罗浮纸帐小屏山。雪漫漫。画应难。一笑飞琼、不共翠禽还。幺凤音沉孤鹤冷，愁独倚，旧时阑。　　梦华城阙有无间。上林闲。北枝寒。飘麝楼台、和泪拥莓鬟。吹彻玉龙浑未醒，宫额换，怕重看。

淡黄柳

花　朝

名园百舌。娇语频留客。扑蝶光阴愁寂寂。稚柳纤腰尚弱，扶向东风恨无力。　　近寒食。欢游趁今日。试罗屧、谢桥侧。问谁家、挑菜城南陌。春色三分，二分才到，芳草无言自碧。

买陂塘

咏秋水

渺鱼天、凉潮一尺，梦回鸥意都懒。江湖又换秋来稿，写入碧湘清远。渔唱晚。更添段、斜阳红到枫人岸。幽怀自遣。正菡萏茎疏，慈菰叶烂，烟外钓丝卷。　　津桥畔。瘦得垂杨渐短。芦花头白慵翦。一房山色空潭影，洗却旧时尘面。君试看。便草屦捞虾，也未风波惯。沙寒濑浅。剩蟹火船唇，雁行篷背，柔橹共凄断。

桂枝香

咏月饼

搓酥调粉。又妙手寒篑，圆灵偷印。粔籹堆盘金粟，香中愁损。汉家纵有汤官表，赋珑璁、更谁拈韵。旧京风物，一钱几许，者番休问。　　念炊梦、光阴未准。枉桂殿难分承，残牙余俊。凄绝姮娥小字，建康曾认。团栾大好山河影，怕妖蟆、容易窥近。糖霜频捣，仗他七宝，补天无恨。

清平乐

上元鐙词

酽寒城阙。漏定琼签歇。转烛年华情味别。愁问旧时明月。　药炉一榻萧然。灯花剪尽无眠。蓦听邻娃笑语，隔墙飘过秋千。

（以上选自《烟沽渔唱》民国二十二年排印本）

陈宝铭（8首）

陈宝铭，生卒年不详，字葆生，号踽公，河南商丘人。曾参加须社。

更漏子

寒　夜

掩花窗，偎蕙篆。梦醒画楼人远。翠鬟亸，玉肌皴。娇慵略欠伸。　　愁无际。难为计。马滑霜浓天气。蟾魄冷，浸屏山。绣罗衾半闲。

汉宫春（二首）

咏新燕

翦翦翻风，看蹴花掠水、上下差池。画楼玳梁在否，昼永春迟。阑干闲煞、镇无人、一桁帘垂。频絮语、香栖未稳，呢喃争诉相思。　　故垒乌衣难觅，剩雀罗门巷，蛛网罘罳。衔泥旧巢伴侣，飞上高枝。将雏学哺，耐朝昏、辛苦谁知。休更怨、飘零瀚海，几年负却芳时。

柳絮池塘，恰似曾相识，燕燕归来。翩然远迎春社，凝睇徘徊。韶光荏苒，趁园林、红杏初开。帘卷处、交飞玉翦，依依绕遍庭阶。　　旧主恩情犹恋，尽拂花贴地，可解投怀。巢痕隔年尚在，且住为佳。雕梁藻井，喜轻盈、影傍形偕。能几日、便逢秋社，离愁又满天涯。

虞美人

咏夹竹桃

红霞悄映娟娟影。似隔疏篁静。仙源一路接潇湘。遮莫旧时门巷此中藏。　　娥皇息女休相妒。一样双眉妩。争禁翠袖倚天寒。但祝美人消息总平安。

醉乡春

咏酒痕

重碧更浓于染。晕入檀心深浅。引春酌，散闲愁，长忆罗裙红溅。　　捧到玉钟香酽。恰映羞霞娇脸。熨偏腻，涴难销，就中怕有啼珠点。

探芳信

飞翠轩春集观杏花，时切庵南行有日，怅然赋别。

几凝伫。渐欲白仍红，微开半吐。正腻阑轻叠，春意闹如许。小桃谢后来双燕，翦翦霏香雾。惹连番、爱惜相看，恁般将护。　　凄绝更无语。怅春雨江南，峭帆归去。客子光阴，诗卷伴朝暮。卖花声里深深巷，叹息曾闻否。太平园中有杏花数十株，花时或闻有叹息之声。见《扬州志》。剩孤吟、玉笛谁吹和汝。

瑞鹤仙

窣堵台秋眺，用梦窗韵

径幽疑断峤。乍乱叶漂愁，惊心秋早。寒堤被衰草。任游筇留影，碧泓回抱。凭高试眺。黯乡关、烟林缈缈。傍黄华、拥鼻微哦，不管冷风吹帽。　　休道。梁园携酒，杜曲延秋，卅年人老。芳枝低袅，拟簪鬓，学年少。记石栏西畔，旧题诗处，曾是红歙翠窈。算多情、尚有寒晖，为留返照。

龙山会

戊辰九日集李氏园，不限调

侧帽西风里。黄菊丹萸，点染秋情丽。登临支病骨，年鬓改、换了婴春滋味。珍重晚芳时，且招手、晨星同辈。尽安排，园林人外，闲吟冷醉。　　争奈倦羽天涯，欢浅愁深，剩衫痕憔悴。魂销摇落后，幽兴懒、辜负龙山佳会。绕砌语寒蛩，诉凄楚、离怀搅碎。更禁他、南飞断雁，向人清唳。

（以上选自《烟沽渔唱》民国二十二年排印本）

陈大法（2首）

陈大法（？—1986），浙江平阳（今温州）人。上海暨南大学毕业，龙榆生弟子。曾任教于暨南大学、福建省立师范学校。有《莲心词》。

眼儿媚

杨　花

惊回紫陌转多情。体态逐风轻。间依流水，忽随新燕，本性天生。　　念春归寸怀难托，对酒送残英。来时朗月，去时幽梦，过眼分明。

（选自《词学季刊》第 1 卷第 3 期）

水调歌头

月夜放歌

谈笑惬心赏，好景苦无多。几人知我怀抱，对酒且高歌。十载征尘如梦，欲待层云销尽，夜起舞长戈。明月照荒野，银汉漾金波。　　顾清影，空怅望，旧山河。莫将少壮功业，一掷等飞梭。负剑长驱漠北，突骑深临虏穴，痛饮醉颜酡。但愿身长健，不使气销磨。

（选自《词学季刊》第 2 卷第 2 期）

陈夔（5首）

陈夔，生卒年不详，字子韶，号伯瓠，浙江诸暨人。清末诸生。为学冥心希古，诗文洁净精微。得马一浮赏识，谓其词胜于诗，遂专心致力于词。生前未梓集，有《虑尊词百阕》，为其门人刊录。其词多写闺阁情思，清丽婉转。

清平乐

碧梧修竹。怎比人如玉。学得西方新结束。却厌寻常罗縠。别来过了残春。闺中愁损芳魂。莫向临邛沽酒，杨花最惹闲人。

解连环

暮蝉声乱。正林塘乍霁，暑尘都浣。最爱这、满郭山光，更阑角，向西夕阳红浅。跣足披襟，约小坐、晚风庭院。奈幽兰渌水，古调自弹，赏音人远。　　心惊岁华荏苒。算春归未几，红意凄断。咒雨壁，莫长苔痕，怕满目青芜，又成秋苑。转眴炎凉，忍弃掷、怀中纨扇。只殷勤画檐，素月照人一去片。

琐窗寒

秋感。清真“亩”“酒”二字当用匀，宋人故多以“宥”“有”通“御”“语”者，千里、玉田皆用匀。

衰柳梳风，疏花恋月，一帘秋景。阴晴未定。又是烟昏云暝。夜沉沉、泣蛩正哀，漏声更约羁人听。怕兰成老去，等闲忘了，暮年诗兴。　　心警。胡笳竞。正吹动边愁，客怀孤迥。砧衣自省。早识玉关寒劲。那知人、长望素书，云罗万里无雁影。问伊谁、拟绝天骄，独立三边静。

惜分飞

团扇。儿辈咏此题，颇有思致，予力避恒蹊，转失自然。

一曲清歌桃叶渡。且喜迎郎无苦。世事如朝暮。恩情岂尽凉飙误。　　休逐闲阶胡蝶舞。要障庾公尘污。春草昭阳路。玉颜空把寒鸦妒。

玉漏迟

忧生念乱，百端交集，夜不成寐，赋示群从。

晚来人意倦。斜阳紫陌，曲阑凭遍。未定乌栖，早又砌蛩啼怨。一片苍凉暮景，尽收入、愁人心眼。愁怎遣。只应说与，杏梁双燕。　　闲云不是无心，奈饾饤阴晴，霎时千变。障面清游，襟上污尘谁浣。太息灵修数化，怕阶下、荃荪难免。清漏转。生生梦云惊散。

（以上选自《虑尊词》民国十一年排印本）

陈能群（3首）

陈能群，生卒年不详，以字行，福建闽县（今福州）人。有《耐充室词》。

八声甘州

读爰居阁咏乌山石壁岩诗，有“塔僧不洗当时钵，诗梦偏循旧日廊”之句，为之惘然，赋成此解。

占诗人吟趣画楼东，梦与故山逢。渐晨光透纸，钟声百八，飞落苍松。浑觉高寒坐处，了不识尘踪。一白江天外，峭立千峰。　　准拟重招旧隐，任登临送目，闲拄孤筇。甚朦禅去远，陵谷感偏同。但涓涓、岩泉嬲雪，向荒陂、犹照夕阳红。须料理、让谁为主，明月清风。

徵　招

己酉三月二十九日之役，余弟可钧侄与燊死焉。翌岁过红花冈（即黄花冈），见一丘隆起，草树不生，为之惆怅良久，述成此词。

红花血色空坏土，漂零底堪无主。我亦滞孤城，怕连番风雨。啼鹃知已误，都只劝、不如归去。剪纸难招，举尊还酹，鬼雄何处。　　无语碧山横，伤心事、人生恍如朝露。成败与谁论，奈轻身漫许。沙场非死所，且一错、六州都铸。暮吟动、渺渺愁魂，定化成烟露。

湘　月

戊辰过北陵，用白石老仙自度鬲指声写之。

旧时园寝，有虬松似盖，做弄苍暝。一自骑龙人去后，此地樵苏犹禁。沧海尘生，女萝鬼啸，触目成凄景。佳城何许，郁葱空掩苔径。　　回想胡马中原，神鸦古渡，兵入无人境。四百年来如梦过，王气只今都尽。金狄埋云，石麟覆草，使我赊游兴。曲阑闲倚，帽檐吹堕春影。

（以上选自《同声月刊》第1卷第4期）

陈配德（19首）

陈配德（？—1952），字星伯，四川郫县人。曾任四川省政府秘书，遍游南北。与陈衍、金天羽等唱和。有《万里千秋室词》。

木兰花慢

送友人由日本归国

故人辞我去，借杯酒、送君还。共异境飘流，离家万里，忍唱阳关。无端。怒潮骤起，任翔空劳燕日飞旋。帐饮都门未歇，醒来已过千山。　　中原。处处是烽烟。恨海苦难填。看一片横流，三分割据，瓯缺依然。何堪。壮怀永别，便娲皇乏术补情天。努力须教杀贼，敝冠重与君弹。

（选自《词学季刊》第1卷第3期）

莺啼序

乙亥春暮，倚梦窗此曲吊石青阳世丈

天涯送春正苦，报骑鲸又去。蓦回首、西望蚕丛，怕听声和啼宇。梦魂绕、巴山字水，斜晖淡罩芳林树。化长星、人世凄凉，夜寒零露。　　十载边筹，百代远略，看封侯万户。漫遥指、朔漠遐荒，乱云愁日无主。莽乾坤、胡尘未断，失旌旆、中原多故。镇何堪，轻放扁舟，五湖三亩。　　黄龙未揭，逐鹿犹酣，九泉恨寄语。别后叹、几番憔悴，一瞑随尘，万劫人天，竟成终古。都门帐饮，瀛洲回棹，羊裙幅幅生绡软，最难忘、遍写新题句。予十二龄即谒丈成都，越十三年归自东瀛，又谒丈南京，比来海上，不意遂成永诀。羁迟倦客，缁痕黯淡尘襟，泪墨洒向黄土。　　神伤歇浦，痛哭西州，吊谢家太傅。暗记省、平生珍遇。敢负深期，丈招宴浣花，座间有曹缥蘅先生，丈笑指余谓："彼此来不但引以为友，且将参以为师。"并殷殷以深造志学为励，懒废经年，负丈深矣。把笔凄迷，怨怀朝暮。云笺暗托，哀弦传

恨，沉沉人海归路渺，待招魂、谁识重来处。惊心春到江南，草长莺飞，问曾见否。

（选自《词学季刊》第2卷第3期）

惜秋华（二首）

乙亥重阳，虞山望海楼登高。倏见夭桃一株，倩妆凄绝。越日至兆丰园，则樱花艳发，若不胜情。回忆十年前秋杪漫历扶桑，曾遘兹遇。比岁客旧京，亦感于稷园牡丹，不以时放。气数之变，有渺乎其不可析者，依梦窗均为赋二解。

旧访仙源，误芳时、怯讯南云归雁。寄意故丛，销魂最怜秋晚。登楼乍豁吟眸，望海国、烟岚舒卷。深浅。话沧桑、泪波盈盈一线。　　指点上林苑。问溟渤鲸牙，待教谁翦。零落尽、漫付与，几回肠断。东风奈不重来，碍倚阑、恨颦偷展。还劝。听啼鹃、武陵汀岸。

雾鬓仙鬟，叹容华、绝代依依憔悴。几滴泪痕，珍丛绣将罗绮。斜阳故恋余岑，漫化出、花王妍丽。东施。做应难、莫遣丹颜长醉。　　遥想碧城外。俯烂霞碎锦，恁堪重睇。别梦乍回，愁染故宫眉翠。新妆斗巧输黄，恨乱落断鸿声里。风起。倚危阑、肠回十二。

长亭怨慢

与芸梦重游海上顾园，适有远行，倚此送别。

看花外、园林如绣。万绿阴沉，一分春瘦。别绪萦怀，中人浓味酽于酒。绾愁何许，攀折尽、长亭柳。冉冉去帆斜，载与子、飘零俱又。　　回首。望阳关不见，为报故人依旧。阑干小立，记曾共、几番携手。叹是处、萧艾当门，倩谁结、相思红豆。待种得垂杨，还问流莺知否。

（以上选自《国学论衡》1935 年第 6 期）

戚　氏

游沈阳福陵、昭陵

好江山。斜阳流水倚阑干。落雁回翔，乱鸦明灭有无间。萧然。暮秋天。苍茫寥阔极边关。空留两处遗迹，一抔黄土对苍烟。岸谷迁徙，沧桑兴废，缅怀塞外当年。看长蛇荐食，封豕成患，胡虏腥毡。　　千里直往无前。风景顿异，策马叩刀镮。戎衣定、蓟门轻启，启著先鞭。阵云寒。痛哭缟素，那堪怒发，却为红颜。美人妙计，自坏长城，此恨从古难全。　　问鼎神州日，龙蛇起陆，甲胄腾欢。纵有贤孙孝子，几何时得失便循环。已无内殿金茎，后庭玉树，朝市而今换。念国魂、归去凭谁唤。朝暮里、都付啼鹃。抱苟安、残喘徒延。听蛙鸣、雀闹正声喧。举头辽望，晴霞万缕，抚影忘言。

西　河

金陵怀古，用周清真韵

形胜地。龙蟠虎踞曾记。千寻铁锁渡江来，暮云四起。玉楼风阁照秦淮，苍烟缭绕空际。　　后庭曲，犹恨倚。夕阳已去难系。

兴亡满眼好风光，古城战垒。景阳宫泪染胭脂，井渡流涨湖水。　　岁华过眼似幻市。历沧桑、谁辨闾里。细问莫愁身世。占残霞、一角青山相对，零落长杨荒丘里。

（以上选自《诗经》1935 年创刊号）

水调歌头（二首）

自题《万里千秋一室诗词集》

万里渺何许，一室有千秋。无端遣尽歌哭，拈管独含愁。等是蜉蝣朝暮，漫说须弥芥子，于我复何求。谈笑自今古，人世几烦忧。　　付名山，传身后，事悠悠。龙吟风雨如和，倚剑怯登楼。无量恒河沙数，多少昆明灰劫，眼底半沉浮。得失塞翁马，消息判鸿沟。

一叶渺沧海，万里赴洪涛。辽天鹤化日远，清泪澈重霄。待写百年幽怨，惭负千秋盛业，下笔恨难描。不若舞长剑，斫地有余骄。　　挟风雷，奔腕底，思如潮。横胸块垒如许，未必酒能浇。坐我百尺楼上，欲问元龙湖海，今古几人豪。看彼苍苍者，何以位吾曹。

（以上选自《诗经》1935 年第 1 卷第 2 期）

望江南

虞山纪行

秋风起，身入剑门来。斫地千寻埋永劫，倚天万里盼长才。试望气佳哉。剑门。

（选自《诗经》1935 年第 1 卷第 5 期）

八声甘州

金陵燕子矶感赋

问矶头燕子是谁家，闲坐阅兴亡。把繁华陈迹，萧条人事，都付长江。去去烟波万里，流不尽斜阳。历历君知否，沧海生桑。　　甚处龙蟠虎踞，望钟山如梦，千古金汤。数一时人物，王谢岂寻常。漫矜夸、夷吾江左，剩苟安、半壁让齐梁。吾何恨、补牢无计，空对亡羊。

（选自《女铎》1935 年第 23 卷第 9 期）

鹧鸪天（二首）

太湖梅园题咏

十里花光绕太湖。浮踪我合侣樵渔。岁寒时节三余友，遗世风怀一大夫。　　香淡淡，影疏疏。东风消息入时无。孤芳独许林和靖，解伴孤山处士孤。

一片幽香汛太湖。烟波浩浩渺愁予。百年尘事劳人甚，绝域风光入梦无。去春正作箱根芦湖之游。　　云变幻，日居诸。旧吾谁分即今吾。清姿照影寒于水，且证前身是那株。

东风第一枝

腊八前适新历改岁，梅溪均

腊鼓催年，霜钟警夜，青衫梦遍尘土。鬓华空换千樽，泪眼倦看万户。官梅驿柳，望不见、行人来处。听玉关、一曲销魂，啼损舞衣金缕。　　吟未定、渡河旧句。肠欲断、天涯情绪。漫悲酒黯生平，解惜岁寒俊侣。江山如此，待消与、番番风雨。又误了、隔岁归期，莫便塞鸿飞去。

（以上选自《诗经》1936 年第 1 卷第 6 期）

雨霖铃

九月初六日寇燹后，过刚价师故居，和《乐章》。

凉飔悲切。镇斜阳晚、泪影收歇。攀条旧柳犹在，嗟门巷废，髡枝凄发。一枕钧天梦雨，送蛩响愁咽。伴夜夜、孤馆秋檠，意远成连海烟阔。　　哀时杜老无家别。况干霄、野哭登高节。清尊皓首谁共，岷岭外、几番风月。手荐芳丛，禁把椒浆桂醑空设。恨付与、丝管嗷嘈，剩抚遗经说。

（选自《斯文》1941 年第 1 卷第 7 期）

蓦山溪

渝州行役，离绪匆匆，车过鹰崖，寸肠如结，和《片玉》。

严城催暝，霞路明潮尾。千磴石盘纡，负苍崖、蹴鹰飞避。野痕狂烧，举眼烛天红，孤剑倚。寒吹起。影碎长空里。　　觚棱一梦，铅泪清如水。直北是乡关，问落照、何时恨已。隔江歌舞，却送女墙来，都只在，烟雾底。莫恋河山美。

醉花阴

庚辰九月偕二健登琴台，诵漱玉词“人比黄花”之句，相约继声。

策杖寻幽排永昼。翠霭翳蹲兽。西角是残阳，古垒荒台，客思琴心透。　　旗亭赌酒人归后。涴泪珠凝袖。刻意学孤吟，如此江山，谁管寒鸦瘦。

（以上选自《斯文》1941年第1卷第20期）

过秦楼

寒夜闻县，和《片玉》

野泊生寒，荻波回梦，倦客枕边凄断。红翻泪锦，翠抹烟绡，惹恨旧国纨扇。休念片羽沉冥，愁绝关河，捷传飞箭。望昭阳色黯，潇湘波冷，故人天远。　　羞再阅带削围腰，尘侵双鬓，镜里黛蛾曾染。铜街坠叶，金井新霜，著意海桑千变。谁会南楼数声，胡语难听，离魂犹倩。想横斜水浅，留伴幽香万点。

（选自《斯文》1942年第2卷第16期）

丁香结

秋夜忆燕都旅况，倚清真韵寄怀

人影横空，水声呵壁，弹泪溅花惊陨。怅羽飞风迅。悄伫立、露湿苔衣苍润。画栏凭遍处，从头事、待说更忍。桑乾天远，隐恨万里潺湲不尽。　　思引。话旧雨当年，汉帜横张雾阵。鼓角关山，雕弓夜月，黛娥愁晕。南雁犹滞塞北，梦断肠千寸。还篝灯凄对，谁念腰围瘦损。

（选自《斯文》1942 年第 2 卷第 16 期）

陈庆森（1首）

陈庆森，生卒年不详，原名树镛，字萃阶，或署讽佳，广东番禺（今广州）人。陈澧弟子。光绪进士，曾官湖南，为知县，尝撰《复古述闻》《学礼述闻》《文献通考订误》诸书，未成而卒。有《百尺楼词》，未尝刊行。施蛰存先生得其孤本，刊发于《词学》第四辑。

金缕曲

逗起丹枫冷。倚闲庭、霜华乍泫，一枝红凝。不信秋容偏淡泊，还有斜阳满径。正昨夜、梧飘金井。筝柱初移凉信透，茜纱窗、似闪惊鸿影。锦柟字，可重省。　　衡阳自古离愁境。盼江天、碧云黄叶，泪痕犹莹。有限春韶都过了，怜尔芳心独警。但伴取、朱颜明镜。莫共玉沟流水去，怕深宫、人写秋宵静。寻旧侣，度湘迴。

（选自《词学季刊》第 2 卷第 3 期）

陈文中（2首）

陈文中，生卒年不详，字淑通，四川长寿人。为叶恭绰弟子。有《巴渝歌辞》。

天　香

和东山

明月高楼，遥妆晚黛，荏苒渔阳鼙鼓。十载云萍，三更机杼，泪冷铜仙珠露。玉关思妇，费长夜、捣衣砧杵。憔悴灵均旧曲，江南众芳迟暮。　　花时管弦暗负。任春归、酒悲分付。谁省霜烽雪堠，劫尘烟浦。千变鱼龙怒语。击红萼、青丝醉眠处。影送香来，潮催恨去。

（选自《沤社词钞》民国二十二年排印本）

秋　思

夜雨和梦窗

歌舞芳筵侧。夜未央、惊看万妆无色。沾袂乱尘，溅林微雨，云结天窄。动明灭雷音、荡空金箭扫怅抑。倚绣屏、朱化碧。听戍角吹寒，尺波流怨，付与冷衾清梦，醒来重忆。　　前夕。珠灯泪滴。滞醉乡、皂帽慵饰。素弦瑶瑟。刘郎吟鬓，泫霜欲白。更极目荒城莫秋，风唳沧溟翼。破浪客、沤鹭识。愿倦鹤归飞，关山歧路度得。望隔江南塞北。

（选自《词学季刊》第 1 卷第 3 期）

陈巽昭（1首）

陈巽昭，生卒年不详，字元珍，江苏常州人。有《蕴芳词》。

高阳台

题《桃坞春》《折枝菊》画册

微雨飘帘，疏花点径，西风催引瑶尊。日暮东篱，冷香愁绕吟魂。伶俜莫漫嗟摇落，缀幽芳、兰佩同纫。倚黄昏。寂寞寒枝，缥缈秋痕。　　繁英已似轻烟散，剩斜阳老圃，戍鼓惊尘。瘦损凭阑，凄凉重忆仙云。拈毫为恐秋容淡，倩小桃、春色平分。悟前身。脂粉檀因，霜露灵根。

（选自《同声月刊》第2卷第1期）

陈毅（7首）

陈毅，生卒年不详，字诒重，号郇庐，湖南长沙人。有《嘤咛词》。

金明池

秋草，癸丑感事作

秋烧无痕，春游有迹，但惜王孙已去。还说甚、归程太远，更三里两里闲阻。莽天涯、遍觅芳踪，竟未见、千里青青如故。剩几点流萤，低徊根际，照见荒原无主。　　了却江南烟和雨。只一寸红心，疾风留住。休惆怅、青袍寂寞，应懊恼、碧裙迟暮。料明年、绣陌春回，便似褥如茵，香轮怜汝。奈此景荒寒，秋阴接地，怎得将愁交付。

解连环

秋　鹭

素翎孤洁。兼遥天暮碧，衬伊明灭。便望里、如许蒹葭，料凉露，满江静眠高绝。恁好丰标，算赢了、一秋风月。把前身旧约，付与镜湖，几度飞越。　　娟娟细沙净澈。奈窥鱼竟日，惊见霜发。但觉垂白丝丝，袅空际烟波，澹影飘瞥。转入风滩，又带起、芦花如雪。待何时更序，故群玉去霄再列。

摸鱼儿

秋　莺

信春盟、被春耽误。而今春在何处。流年暗转如梭掷，应悔掷梭春树。春已去。悔不尽、栖迟背世同悲鲁。偷瞧旧坞。剩几叶芭蕉，数枝杨柳，一带野花竹上。　　笙歌地，依旧千门万户。无端芳事非故。梧桐井上西风峭，吹损彩衣金缕。谁耐诉。那井上、梧桐黄叶萧萧雨。知音几许。纵乌柏林边，诗人侧帽，肠断总无语。

点绛唇（四首）

哭锦郎

一瞑无心，笑啼都算前身事。问天何意。踪迹飘蓬寄。　强慰伊娘，咽尽心头泪。还偷记。那宵游戏。剩有毬抛地。

镇日提携，十分怜爱如身命。那堪一病。蓦地成孤另。　娇小离魂，怎识归来径。从谁侦。梦无凭证。相见何时更。

一穟残灯，照人明灭参差似。牵衣拭涕。更有垂髫姊。　不是春愁，恁地愁如此。谁无死。断绷遗屣。触处伤心起。

痛绝成痴，几番觅到曾游处。夕阳西去。不见儿何许。　似唤爷娘，兀坐频惊顾。详听取。喃喃索乳。却是邻儿语。

（以上选自《同声月刊》第2卷第1期）

程鸿书（1首）

程鸿书，生卒年不详，字雪门，江苏常熟人。同南社社员。

百字令

天遒谱兄以自题肖影百字令一阕见示，因步原韵和之

十年回首，忍重提旧恨，更添烦恼。孤剑重围任所往，睥睨时流多少。栈豆甘抛，蛮荒待到，大愿何尝了。蜗庐君有书室，衔曰蜗庐。暂驻，只缘儿女缠绕。　　徒叹往事全非，山河异景，豺虎犹当道。一样图南虚夙志，与君有游天南之约，事阻不果。莫挽狂澜既倒。岁月匆匆，劳人草草，历尽悲和笑。镜中留影，本来面目还肖。

（选自《同南》第十集，民国十年排印本）

程倩薇（1首）

程倩薇，生卒年不详，广东人。1936年中山大学毕业，为龙榆生女弟子。

扬州慢

闻平津警报

金寸山河，铁围区脱，从教虏骑凭陵。问貔貅坐拥，甚面目谈兵。叹神州、微茫禹迹，膻腥染遍，谁误苍生。悄危栏闲凭，愁闻哀角声声。　　杞忧莫诉，便痴顽、也自心惊。怅虎豹当关，荆榛塞路，难请长缨。抚剑雄心犹在，浇清醑、块垒宁平。更伤情长望，龙沙凄黯征程。

（选自《词学季刊》第3卷第1期）

程松生（7首）

程松生，生卒年不详，字筠甫，安徽歙县人。曾供职礼部，后为南河（江苏淮安清江浦）税官。辛亥九月，清江兵败，举家流寓海滨。原有《香雪庵词》二卷，遗弃于流离转徙之中，后凭记忆以及友朋中抄录，加上部分新作，集为《香雪庵词剩》。

唐多令

余官南河九年矣，归田有愿，买山无钱。九月十六日，清江兵溃，孑身挈眷东下，寄迹海滨，回首前尘，悲吟此阕。

宦海任沉浮。真成不系舟。笑年来、空说归休。三径苦无陶令菊，五斗米、折腰求。　　陡起乱离愁。豪情付水流。最难堪、垂老依刘。故国苍茫回首望，秋暮矣、一登楼。

西　河

金陵怀古，用周清真韵

繁华地。六朝旧梦犹记。几株衰柳板桥西，暮烟又起。降幡高出石头城，江流惟见天际。　　曲栏外，曾共倚。载愁惯把船系。金迷纸醉化沙尘，楼台变垒。伤心一片是平芜，秦淮空剩烟水。　　碧磷夜夜照远市。破家山、难觅田里。话旧几同前世。叹西风、过客苍茫，凭眺无限斜阳，干戈里。

意难忘

秋　感

老子婆娑。喜兴犹不浅，对酒高歌。壶天悬日月，心地少风波。诗是癖、睡成魔。任墨笑人磨。且好寻、邻翁夜话，月上藤萝。　　西风落日关河。有哀时庾信，涕泪滂沱。江声沉铁锁，秋色冷铜驼。人事改、客愁多。把匣剑摩挲。踪觅场、封侯好梦，醒又如何。

水调歌头

秋日过荔亭，斋中见黄菊一丛，瘦如人立，主人以对菊感赋一阕见示，读竟令人有西风萧瑟之慨。即用其调答之，触景兴怀，藉鸣凄眷。

何处觅秋色，踏破一庭烟。记否金罍开宴，选胜说从前。人事几番代谢，花事几番开落，暗送好流年。帘向西风卷，瘦影不胜寒。　　今也寄，疏篱下，短墙边。独抱秋心一点，不受俗人怜。管甚风风雨雨，耐得清清冷冷，诗酒共留连。剩有残枝在，一样傲霜妍。

卜算子

绣幕障新寒，人静更初定。月满中庭不忍眠，倚遍阑干影。
消息渺天涯，欲向征鸿问。还是征鸿一个无，还是天涯梗。

（以上选自《香雪庵词剩》民国二年排印本）

满江红

金陵试院自科举罢后，荒废久矣。近来改辟市场，独西瞭楼巍然尚存，留为士人游憩之所。汪叔芾道尹有词题壁，邀余同作，爰填此阕，以志感尔。

独上层楼，看半壁、江山如故。记当日、桂花香里，霓裳同谱。一代文章余劫火，六朝金粉成尘土。剩危栏、惆怅倚多时，空怀古。　　萍梗迹，江头聚。沧桑恨，心头诉。有斜阳一角，闲愁几许。对酒销沉湖海气，凭高指点台城路。叹重来、人已鬓如丝，伤春暮。

满江红

题谢玉岑同社《青山草堂鬻书图》

潦倒生涯，算我辈、书生末路。尽剩得、数椽茅屋，聊遮风雨。一笑且倾彭泽酒，千金谁买相如赋。料换鹅、乞米计全非，贫如故。　　也不学，农和圃。也不羡，巢和许。仗烟驱墨染，管城高据。姓字早随文字贱，才名恐被虚名误。有青山、一角伴诗人，图中趣。

（以上选自《纫秋轩词钞》民国十年排印本）

崔师贯（1首）

崔师贯，生卒年不详，字伯越，号今婴，广东海南（今海南）人。民国时期画家，擅诗词，曾在香港大学中文学院任教。有《北邨类稿》《丹霞游草》等。

木兰花慢

北山楼对雨社作

问秋光做就，几番雨、几番风。念梦里生涯，朝辛莫苦，长傍云峰。天丝幅悬万丈，贴林衣翻展剧春工。寒意藏山坐久，此身恍在鲛宫。　冥濛。听水声中。吴曲渺，楚醪空。但泛甃停泉，排栏散瀑，都换山容。山中向无水。妨车最宜积潦，喜门庭经日断游踪。留榻饶便静夜，卧看舶火青红。

（选自《南社湘集》1936 年第 6 期）

范光（1首）

范光，生卒年不详，字茂芝，号天籁，江苏吴江（今苏州）人。同南社、南社社友。

二郎神

八慵園茗饮，即事

八慵小住，尽消受、园林佳景。看紫蟹初肥，黄华齐放，飒飒西风逼冷。正是朋簪成欢问，取近日、几多清兴。应汲水自煎，碧窗尘涴，细评龙井。　　梦醒。画帘高卷，鸭炉香凝。听北苑风生，松声谡谡，几缕茶炉弄影。濡笔题词，倾襟谈艺，不减当年情性。曾记得、舌本留甘，付与放翁味永。

（选自《同南》第十集，民国十年排印本）

傅道博（3首）

傅道博，生卒年不详，字绍禹，号沼采，室名蘼芜阁，湖南醴陵人。南社社友，后又参加南社长沙分社（见《南社湘集》）。

误佳期

庭院深深几许，杨柳青青无语。斜阳只管做黄昏，不管侬心苦。　　燕舞石尤风，花落清明雨。杜鹃枝上遍啼红，依旧春无主。

绿　意

自题蘼芜阁

溪山胜处。有竹篱茅舍，留人小住。绿润窗纱，红暖帘栊，清绝一庭幽趣。朱阑曲折梧桐院，更别有、斜阳千树。试登楼、一晌徘徊，四壁青山无语。　　最好春秋佳日，任临水登山，翱翔容与。浪迹风尘，结客江湖，回首当年都误。英雄百辈风流尽，总付与、大江东去。惜芳菲、写入离骚，不管悲秋风雨。

陂塘柳

题哲夫画赠《高柳水堂图》

问佳人、是何身世，水堂山馆留滞。烟波澹荡喧鸥鹭，碧柳弄风摇曳。还更喜。有绕屋、山花簌簌红无比。朱阑俊倚。尽肌骨阑珊，风姿绰约，正自饱情味。　　人间世。何处销魂有是。飘零那得来此。他生万一重来也，定向个中投止。浑不似。怕渔者、桃源往迹迷前地。画图纵纪。但恨海情天，几时了断，即此也痴意。

（以上选自《南社词选》，《南社丛选》民国二十五年国学社排印本）

甘大昕（14首）

甘大昕生卒年不详，号蓬庵，浙江绍兴人。20世纪40年代，在《越风》《词学季刊》等杂志发表文章，“与吴瞿安、龙榆生辈往还论词书札十余通”。著有《词学丛话》《中国词学史》《读词胜录》《砚北词话》《苹风阁宋词集联》。有《击缶词》百阕，为自选集。

鹧鸪天

重九旅怀

酒到愁多不易消。秋风秋雨况今宵。可怜辛苦还乡梦，被阻钱塘江上潮。　　情不尽，醒无聊。五更残月透帘腰。起寻一夜秋何处，半在梧桐半在蕉。

忆王孙

碧天如夜雨如丝。料峭春寒酒后知。风满帘栊草满池，燕来迟。一树梨花半树诗。

百字令

鸟惊雷骇，尚纷纷，难得万家歌舞。今日江南哀怨事，惟有兰成能赋。破碎河山，横流沧海，纵目无安处。旧时城社，更添多少狐鼠。　　不见兴国英雄，鸡鸣风雨。吾道谁为主。楚客高歌悲独醒，举世犹狂难语。功鄙萧曹，才羞卢马，卢骚、马克斯。怀抱空今古。一声长啸，半天风起云举。

声声慢

用玉田生韵，烟雨楼题壁

临风擫笛，隔水呼鸥，楼台雨老烟荒。翠满湖边，谁种十万垂杨。三年滞留此处，几匆匆、来倚斜阳。多少意，叹无人能会，独自凄凉。　　笑我风流成性，爱寻芳、载酒不恨空囊。已惯飘零，终忆采莼秋江。天涯可怜落寞，误聪明、半是痴狂。愁望远，似仲宣、怀古思乡。

定风波

题肖影，寄故乡诸子

惭愧人间署漫郎。平生回首一苍茫。风骨空如山模样。惆怅。飘零未老水云乡。　　不有文章惊海内。憔悴。吹箫说剑亦寻常。知己应怜清瘦影。心性。三分疏俊七分狂。

少年游

九月十九日与方南渚重过扫叶楼，纵饮畅论国事，有感赋此。

清凉山色冷悠悠。相对发深愁。把酒论兵，请缨杀贼，饮马海东头。　　时掀劫浪忧无已，泪眼怕登楼。落叶风多，打城潮急，残照秣陵秋。

浪淘沙

秣陵除夕，被酒遣怀，时难年荒，百忧悄集，感于予心，辄应于口，殊不自知其音之凄楚，而佯狂若是也。

腊尽又今宵。心事蓬飘。此身人海不禁潮。一叶孤舟无著处，风雨飘摇。　　豪气酒中消。痛饮离骚。悠悠身世总无聊。闲却裁量今古手，擫笛吹箫。

苏幕遮

癸酉浴佛日登燕子矶，望长江题壁，悲歌慷慨，所感深焉。

叹当今，怀往古。落日荒荒，尘拥孤城暮。形胜依然龙与虎。满目河山，都是凄凉处。　　放高歌，征壮侣。草檄横刀，击楫随东渡。三岛不愁平指顾。美酒葡萄，醉赏樱花去。

鹧鸪天

独立苍茫袖手看。更无才气赋江南。文章萧瑟悲庾信，丝竹凄凉忆谢安。　　惊鼓角，倚阑干。只余热泪酹河山。凭谁吹笛斜阳外，一曲春风破峭寒。

青玉案

孤　雁

寒云独耐遥天冷。草草一年霜信。我亦稻粱谋未稳。月微风急，水昏烟暝。千里怜孤影。　　相呼相唤无相并。寄语云程自飞逞。枕上灯前和雨听。一声声去，一更更永。惹得人清醒。

浣溪沙

往事多从梦里新。怜才丹素感恩频。论情妙喻语尤真。　　帘外又闻今夜雨，镫前乍忆去年人。阑干并处恁生尘。

满江红

满目山川，渐一片、斜阳暮色。空怅望、龙盘虎踞，尽成陈迹。出塞未闻前进曲，渡江待击中流楫。数眼前、马上几英雄，功名烈。　　中原事，今更急。金瓯碎，愁无极。问四方失地，何时收拾。努力斩鲸东海上，论功息马神山侧。听凯歌、唱彻定乾坤，烽烟灭。

浪淘沙

题《正气》刊

八表战尘昏。遥睇中原。浩然振我少年魂。历落嵚奇心自壮，正气长存。　　寂寂倚斜曛。气撼风云。粲花笔底遣春温。竦听鸡鸣同起舞，整顿乾坤。

烛影摇红

久倦登临，可胜举目山河小。战尘四拥一城孤，寂寂留残照。已是兵荒马扰。更难禁、官偷吏暴。时无郑侠，谁念流民，图将新稿。　　憔悴行吟，离骚一卷怜香草。天涯空忆故园花，肠断山阴道。见说凭陵寇盗。不堪闻、哀鸿嗷嗷。浑然两地，长夜漫漫，同迷昏晓。

（以上选自《击缶词》民国三十四年木活字本）

龚均（12首）

龚均，生卒年不详，字雪澄，湖北汉阳（今武汉市）人。瓯社社员。

百字令

和梅伯仙岩纪游

山灵速客，恰花朝将近，余寒犹怯。柳外移舟新涨绿，到眼奇峰高插。径曲云深，亭空苔净，一度芒鞋踏。昔游觞咏，梦华回首簪盍。　　天半俄殷春雷，寒潭自碧，只有虚钟答。起陆龙蛇成往迹，太息昆池千劫。丹井何年，天风是处，空翠重峦合。扶筇归去，月明犹叩禅榻。

满江红

西湖白文公祠附祀樊谏议，敬赋。

家世南阳，飞不到、云山万重。称名宦、治传绵绛，天隔西东。依约明湖留一席，迎神新曲奏三终。证前生、香火有因缘，尘念空。　　崇祠展，隆报功。料天上，愿追踪。是平生知己，旷代词宗。歌舞满容怜旧雨，冥濛烟水起灵风。访梅花、寒月在前岩，幽径通。

鹧鸪天

茶山桃花

五美园边日影斜。轻颦妍笑晕流霞。旗枪未孕春风薄，一簇红云是妾家。　　山似锦，面犹遮。无言相对惜年华。离痕点点胭脂泪，细雨如丝满路花。

卖花声

以旧藏白石道人像奉赠铁尊师，媵以此词。

巾扇若为传。身是词仙。垂虹风雪自年年。最是马塍花落尽，凄绝江天。　　香火有因缘。春到梅边。移家端合住孤山。疏影暗香人共瘦，一味清寒。

八声甘州

辛酉季春，孤屿文丞相祠祀事礼成，集慎社同人澄鲜阁禊饮。

听潮声时作不平鸣，人间几兴亡。有凌霄浩气，临风墨泪，千古流光。隐隐灵旗天上，孤愤郁苍凉。屹立中川寺，永此馨香。　西北神州何处，起云愁海思，一舸浮江。展澄鲜高阁，豪气付诗囊。集群贤、江山依旧，似永和、曲水共流觞。争知我、抱忧时感，怀古神伤。

画堂春

广仓学会于辛酉春三月举行乡饮酒礼，海内耆宿联翩而止，甚盛事也。时爱俪园主即为罗友兰、友山昆仲行婚礼，先期修冠笄之典，酌古准今，厘然悉当，词以颂之。

天涯耆旧话相逢。翩然杖履春风。酡颜高倚绮筵红。隔座异香重。　　海上华镫璀璨，尊边玉佩琤玧。琼楼花萼露华浓。钿合两心同。

浪淘沙

和梅伯咏宋木之作

惊起蛰龙鼾。风雨荒寒。东南半壁旧河山。人世劫灰知几易，节错根盘。　　往事问孤猿。拔地参天。风雷呵护出尘寰。旷代宗工如可遇，珍共琅玕。

高阳台

题《半樱簃填词图》

日逗晶帘，香萦翠鼎，连天碧草风薰。换羽移宫，焦琴响遏流云。晴檐鹊谇朱樱艳，慰寂寥、海国劳人。任销磨，似水华年，霜鬓痕新。　　抟抟大地春如梦，怕愁添块垒，泪搁酸辛。吾爱吾庐，都宜醉晓吟昏。凉宵悄拍阑干遍，忆蓬莱、几度消魂。乱红飞，声涩琼箫，瘦尽吟身。

八声甘州

题三游洞六一题名、山谷题名墨榻。按：三游洞，欧、黄题名见陆放翁《入蜀记》，埋没既久，为黄仲弢学使游洞时所发见。

控夷陵古洞志三游，连天怒涛冲。认凌虚峭壁，欧黄题记，藓印尘封。料有精灵拥护，劲影亘长空。鸟道接云栈，烟雨冥濛。　　宝共秦碑汉碣，倩三千里外，一笑相逢。记空舱峡上，千塔影重重。梦家山、波颓江汉，避劫灰、流浪浙西东。龙蛇幻、搁伤时泪，洒向崆峒。

虞美人

题《莼菜》《鲈鱼》《隐囊》《纱帽》画幅

江风绕荡湖波起。枨触回帆地。几多啃日耀华簪。鲈脍莼羹应未、负初心。　　江湖倦迹人垂老。却被多情恼。天涯归梦不须真。随分杯盘醒后、唤沽春。

一丛花

如园看菊

义熙而后可无花。秋色在谁家，西风摇落东篱瘦，悄相向、人老天涯。应有乡心，最宜霜鬓，红紫不须夸。　　无端移影上窗纱。憔悴惜年华。孤根早结长松伴，任寒蝶、梦里纷拏。落叶声中，独标晚节，三径静无哗。

步蟾宫

讯　梅

西风瑟瑟催人老。甚偏是、今年春早。冰霜磨炼玉精神，任消受、林埛幽窅。　　空山屐齿谁先到。又禁得、月寒风峭。宵深来否缟衣人，怕一曲、玉龙吹杳。

（以上选自《瓯社词钞》民国十年排印本）

龚逸（3首）

龚逸，生卒年不详，字粲真，湖南长沙人。南社社友，有《庚午秋词》。

齐天乐

冬夜车过汨渊，追怀屈子高蹈，怅然有作。和吴霜厓先生“九日登高”原韵。

西风吹老深秋树，寒山静如禅坐。岸柳余青，皋兰剩碧，风景依稀江左。虚岚四锁。叹渺渺乡愁，飙轮飞破。何事沉吟，壮怀销尽未知可。　　伤心湘渚片月，照羁孤逐客，垂涕来过。潭水空明，骚魂寂灭，只见星星渔火。丹枫笑我。问何日重联，故园诗课。此夜天涯，远人归梦妥。

（选自《南社湘集》1936 年第 6 期）

蓦山溪

秦淮怀古

秦淮风月，览尽前朝事。残柳不胜秋，一叶叶、凄清照水。垆边商女，犹自弄歌喉，春月夜，后庭花，无限悲凉意。　　画船箫鼓，游戏人间世。徒倚赤栏桥，尽消受、南都佳丽。哀时倦客，几度动愁吟，波浩浩，路迢迢，故国三千里。

齐天乐

零雨送秋，凄风撼树，庭际高梧渐摇落矣。诵玉田“只有一枝梧叶，不知多少秋声”之句，悄然久之。

庭梧瑟瑟西风里，天涯又惊秋暮。忍泪闻歌，缄愁对酒，谁识凄凉情绪。衰杨倦舞。正朔漠云荒，紫台人去。独立高寒，满林黄叶堕如雨。　　登临休望故国，叹穷边落日，犹照孤戍。雁唳长空，马嘶废垒，那更悲笳声苦。关河间阻。只一寸相思，不知归路。别梦依依，断魂还自语。

（以上选自《词学季刊》第1卷第3期）

何达安（4首）

何达安，生卒年不详，原名之兼，以字行，江西高安人。黄节弟子，工填词，嗜诗。北京大学研究所国学门毕业，为上海音乐专科学校教授。著有《诗学概要》。

清平乐

不成春瘦。明日寻芳又。满院绿阴清永昼。浓睡中人如酒。林花偏是愁红。尊前笑语谁同。独近画楼闲立，紫箫吹断东风。

清平乐

觉来非久。小病如中酒。紫陌丝牵千万柳。作态向人依旧。无端薄雾轻遮。隔帘莺燕声哗。一种可怜颜色，风流毕竟桃花。

西江月

镜里似生华发，尊前渐减清欢。桃花还是旧时妍。不见去年双燕。　　夜雨频欺客梦，朝云远失遥山。春来几度枉凭栏。近日心情浑懒。

（以上选自《词学季刊》第 2 卷第 2 期）

踏莎行

庭藓侵阶，林花糁径。黄莺一霎飞无影。帘栊频撼五更风，阴晴今日浑难定。　　高阁闲临，危阑独凭。欢娱往事休重省。望中何处是家山，平芜尽处荒烟暝。

（选自《同声月刊》第 2 卷第 11 期）

洪奂（3首）

洪奂，生卒年不详，字堇父，浙江淳安人。南社社友。

庆春宫

送别张砚公

玉漏沉莲，云帆隔树，断肠悄语凄听。蜡炬愁封，蛮弦怨咽，自怜兰絮漂零。俊游重忆，认江水、青罗瘦萦。万千心事，可奈中宵，残笛声声。　　旧时月色分明。换羽移宫，商略吟情。急景凋年，峭寒侵梦，更堪别绪频增。翠微霜老，尽飞上、潘郎鬓星。酒销花歇，后夜伊谁，共翦孤镫。

江城梅花引

冬　柳

舞衣零落意凄凉。对斜阳。怨斜阳。折损腰肢，依旧罥寒塘。昔日繁华浑似梦，况羌笛，一声声、更断肠。　　断肠。断肠。不可望。别绪长。别憾长。憾也憾也，憾不得、牵住归缰。十里长堤，迎送为谁忙。惆怅晓风残月里，人去后，剩寒雅、点鬓霜。

一剪梅

和蕃卿先生原韵

两字秋心合做愁。江上归舟。沙上闲鸥。蒹葭如雪落汀洲。半舞桥头。半上人头。　　耿耿银河淡欲浮。月照南楼。人倚东楼。西风黄叶去难留。一念思秋。一念悲秋。

（以上选自《南社词选》，《南社丛选》民国二十五年国学社铅印本）

胡子敬（4首）

胡子敬，生卒年不详，字漪如，安徽巢县人。张念祖室。有《桐桂轩词》。

陌上花

游兆丰公园有感

闲门寂寂，芳菲时节，病怀偏懒。强起寻春，来听芳园莺燕。千红万紫浑无赖，转绿回黄谁管。倚危阑指点，故山云树，夕阳凄恋。　　满罗襟泪渍，娇花宠柳，到眼都成新怨。锦样繁华，早被玉箫吹断。俊游不识东风恶，争踏香尘红软。且归来，闭户消磨还向，药炉经卷。

高阳台

李丈拔可家优钵昙花放，于商师斋头睹其残痕，师将为花写照。

香雾空濛，仙云叆叇，瑶阶清夜无尘。见说琼英，霎时一现丰神。宵来怪底蟾华满，是神光、浮动乾坤。向华鬘，证取枯禅，认取灵根。　　拈花不禁沉吟绝，怅茗华玉冷，难返仙魂。非色非空，无端残梦留痕。缘悭未带看花眼，笑相思、枉化秋云。喜还看，笔底春生，丈室缤纷。

绮罗香

峭峭风寒，丝丝雨乱，春色不堪回顾。绣陌香阡，见说落红无数。怨楼高、遮断浮云，怅天末、目迷芳树。任铜仙、细话凄凉，蓬莱清浅渺归路。　　新亭无洒泪处，双燕飞来难认，旧时帘户。草长莺啼，谁把繁华轻误。叹飘零、金粉南朝，倚残照、乱山无主。算别来、几日江南，又销魂一度。

临江仙

细细疏灯人不寐，双眸长是清醒。闷来哀怨总无名。伶俜十年事，忍泪了今生。　　可奈闲愁侵病肺，膏肓难觅葠苓。多情讳说说无情。怪他孤月影，彻夜向谁明。

（以上选自《同声月刊》第1卷第5期）

黄璧如（2首）

黄璧如，生卒年不详，字企冰，湖南人。有《企冰词》。

琐窗寒

细籁敲窗，浓愁酿泪，五更凄雨。惊乌絮絮。似解留春不住。惜芳菲、吟魂暗销，柳绵惹恨天涯去。剩昏灯倦萼，盈盈映壁，共人低诉。　　回溯。空凝伫。念廿载浮生，惬情何处。炉薰颤雾。化作一襟幽绪。掩虚帏、无语自怜，那堪夜夜啼杜宇。渐消磨、旧日欢怀，梦断潇湘路。

（选自《同声月刊》第1卷第11期）

水龙吟

杨花，用东坡韵。

更番急雨催花，柔魂悄共愁红坠。萧条倦旅，寻春无迹，漫萦幽思。困惹眠萍，快游蓬海，绿窗虚闭。怅天涯绕遍，归来月夜，又花外、鹃声起。　　岁岁芳华空老，怅西崦、夕阳难缀。徘徊欲驻，离情初载，因风已碎。入梦疑圆，穿帘似雪，懒随流水。剩盈盈几点，琳腴闲傍，化词人泪。

（选自《同声月刊》第2卷第1期）

黄福颐（12首）

黄福颐（？—1940?），字茀怡，江西宜黄人。从谭献游，民国时曾参与聊园词社。为全国铁路协会成员。《北华月刊》1941年第1卷第3号载其词四首，后附编者案云："茀怡词笔哀感顽艳，律细思深。不料年前殃受池鱼，魂招蜀道。录此不胜山阳邻笛之痛，想缟纻旧交应有同情也。"似称其卒于1940年。著有《词庵词》，另有词见于《铁路协会月刊》《北华月刊》。

齐天乐

己巳上巳，书衡、释戡、秋岳、二庵、鹤亭诸君招同人集水榭修禊，以少陵《丽人行》分韵，得“箸”字。

濛濛连树摇荒翠，墙阴挂残晴絮。水润沾衣，尘香殢屐，雅称兰亭风趣。红阑偶顾。正窗孕松云，箔沉花雾。殿角斜阳，依稀铃咽旧时路。　　繁华前梦如堕，过江人渐老，重感迟暮。赌韵分笺，研词倚瑟，剩有题襟几度。留春暂驻。问丹灶朱颜，可还依许。试检征衫，揾痕凝玉箸。

踏莎行

秣陵杂感

朱雀桥边，乌衣巷冷。谁家燕子飞无定。野花零落不胜秋，乱虫啼煞胭脂井。　　月罨钟山，云迷蒜岭。芒鞋重访南朝胜。秦淮呜咽向人流，绿波曾照楼台影。

西平乐慢

己巳重九，窳堪招，同贞壮、伯平宴集扫叶楼，依梦窗韵。

地接层冈，路环幽渚，遥望树色依依。堤柳初黄，砌苔犹碧，秋心似梦难归。叹断续牙箫谱怨，呜咽孤笳送晚，西风渐紧，无言伫立残晖。重记车尘九陌，惜往事、细茧独萦丝。　　绣蛛牵户，寒蛩絮野，一刹清凉，人境潜移。谁更念、丛芦卷雪，侧帽凝霜，漫省柴桑径渺，阳羡田芜，还认栖鸦夜绕枝。消减少年，江南赋恨，慵问兰成，醉把阑干，旷眼晴空，荒江旅雁催飞。

夜飞鹊

别金陵十年，过旧游处，低徊往复，於悒不胜。按拍成腔，聊抒轸结。依梦窗韵。

银钩画霄汉，澄洗纤纹。芳草暗袭风薰。朱楼曾醉绣屏畔，酣歌频漉陶巾。年华叹飙羽，念前尘愁浣，去水离痕。玄都旧句，倩横笛、吹彻江云。　　空剩颓垣荒宇，蛛网罥残花，闲琐重门。凝望依稀入梦，意销香断，犹怨青蘋。罘罳舞玉，怅红儿、不共吟尊。听莺簧娇殢，幽林坠影，啼腻春魂。

霓裳中序第一

新秋江干步月，依草窗韵。

弯环波几叠。暝色沉江舟似叶。遥望羁怀菀结。正旅雁破云，惊蝉嘶月。青芦酿雪。叹素纨秋恨捐箧。成尘麝，金鞍误约，往事向谁说。　　幽绝。怒潮声咽。指数点渔篝渐灭。盈盈良夜忍别。怅酒涴红绡，佩遗芳玦。唾壶歌暗缺。倚晚风鸾箫半阕。归途倦，碧天如洗，梦影锁香蝶。

（以上选自《词庵词》民国二十二年排印本）

秋宵吟

秋日游莫愁湖，旋买醉秦淮酒家，兴尽归来，已万家灯火矣。

晚波平，去雁渺。画出湖天秋稿。凭阑处、剩怨蝶寒花，冷蛩烟草。步荒原，堕夕照。又听归鸦团噪。金风动、渐酿就商音，和成凄调。　　迅羽光阴，溯往事、南柯梦绕。渡头灯舫，巷口歌楼，带眼泪华罩。幽恨知多少。淡墨诗痕，尘壁漫扫。待蟾圆、再证浮杯，清宴飞翠拌醉倒。

潇潇雨

展上已微雨，重游后湖，心有怅触，偶拈此调，仍用“因”字韵。

喜廉纤小雨宛如酥，润物细无声。正江南三月，莺飞草长，又到春深。一片藤萝窣地，幽绿琐闲门。惊起蕉阴鹤，长唳空庭。　　前日湖园雅集，看茶烟飏鬓，活火炉青。问东风何事，吹聚水中萍。算年华、过犹飙羽，走天涯、琴剑感飘零。休惆怅、听渔樵话，却证兰因。

（以上选自《词学季刊》第2卷第3期）

临江仙

拟李后主

落花零乱春无主，酒慵犹恋罗帏。故宫何处问归期。烛销香暗，空傍梦魂飞。　　明月不知人意懒，夜阑偏上花枝。隔帘银漏听迟迟。琵琶金镂，和泪奏歌时。

浪淘沙

拟李后主

点点写秋哀。雁字空排。莓苔痕绿上层阶。陡看花枝闲弄影，月破云来。　　家国叹驼埋。梦幻蓬莱。江山依旧画图开。一曲歌残悲子夜，呜咽秦淮。

河渎神

拟张泌

远雁下平沙。一枝衔出芦花。晚来天际挂晴霞。落日孤帆影斜。　　何事凭阑惆怅甚，西风江上秋笳。三两灭明灯火，短篱茅舍人家。

酒泉子

拟牛希济

斗转露凉。鸡唱晓村残梦。漏声稀，花影动。隔帘香。　　寄书说起当年事。空费胭脂泪。绮罗心，珍重意。几回肠。

（以上选自《北华月刊》1941 年第 1 卷第 3 期）

风流子

秋夜遣怀自题《词庵》二稿

荒林摧败叶，征鸿至、唤客带秋归。看一天暝霭，角声凄惋，半江烟水，帆影依稀。怨遥夜、短檠溶蜡泪，深幕堕芹泥。金榼酒空，好寻鸥梦，素衣尘黦，徒负鸱夷。　　驹光悲过隙，浮名误、都为按拍填词。重念赏音寥落，谁是钟期。想麝纸浓薰，银笙偷谱，画帘初卷，玉枕慵支。多少锦囊断句，敲碎珊枝。

（选自《北华月刊》1941 年第 1 卷第 4 期）